庫

ミステリー傑作集

三毛猫ホームズの春

赤川次郎

KOBUNSHA

光 文 社

目次

三毛猫ホームズの披露宴 5
三毛猫ホームズの子守歌 71
三毛猫ホームズの感傷旅行 131
三毛猫ホームズの夜ふかし 191
解説 山前譲《やままえゆずる》 254

三毛猫ホームズの披露宴

プロローグ

結婚式の当日には、いろいろと、思いもかけないことが起こるものである。

時節は春、結婚式のシーズンではあったが、今日は月曜日で、それほどの混雑でもない。

ホテルKの、宴会場の主任の一人である沢口《さわぐち》は、なんとなくのんびりした気分であった。

ともかく昨日の日曜日は凄《すご》かった。なにしろ式と披露宴が七組もあって、そのうち三つも、進行が遅れた。

なにしろことは披露宴である。あまりせっついて、不愉快な思いをさせたくはなかったが、といって、いつまでもご自由に、と放っておくわけにもいかない。そんなときは、沢口も辛《つら》い立場である。

七組目が終わったときには、

「次はまだか?」

と、つい口に出てしまったほどだ。

それに比べ、今日はたった二組。宴会場は二つあるので、午後一杯、ゆったりと使ってもらえる。こんなときは、沢口も気が楽であった。

もう一つの宴会場は、何やら、会社の創立何十年かのパーティになっていた。立食形式なので、あまり人手はいらない。

何人か、休みを取っている者もいたが、まあ困ることもあるまい、と沢口は思った。

こんなに忙しくて、ほとんど休みも取れない状態というのに、沢口は、太っている。

もっとも、あんまりやせこけて、くたびれ切った顔をしていたら、客のほうが不安がるだろう。ホテルは「豊かさ」の象徴という面を持っている。

その点では、沢口はまさにその「象徴」するものにふさわしいイメージの持ち主であった。

午前十時半。

一時からの挙式の組は、そろそろ新郎新婦がやって来る頃である。もちろん、沢口は披露宴の担当だから、式そのものにはタッチしない。

まだ扉を閉めたままの宴会場のロビーを、沢口はのんびりとぶらついていた。

「主任」

と、声がして、小坂浩子《こさかひろこ》がやって来た。「お電話が入っています」

「ありがとう」

沢口は、手近な電話へ歩み寄って、受話器を上げた。外見からは想像のつかない敏捷《びんしょう》な動きである。

「沢口でございます」

「あ、ええと、今日そちらで式を挙げる白井《しらい》と申しますが」

若い男の声だ。――沢口の頭の中で、素早く、目に見えないカードがめくられる。そうか、憶《おぼ》えているぞ。

確か、えらく若くて可愛い娘と結婚することになっていたっけ。

「はい、白井様でございますね。承《うけたまわ》っております」

「実は、披露宴の食事なんですが」

「はい」

「一人、ちょっと内容を変えていただきたいんです」

「かしこまりました」

高齢で、脂《あぶら》っこいものはだめとか、卵のアレルギーとか、いろいろとあるので、沢口は慣れっこである。

「お客様のお名前は――」

「ホームズというんです」

外人か。すると、何か宗教的なことかな、と沢口は思った。

「舌平目《したびらめ》のムニエルをやめて、アジの干物にしてください」

「は？」

沢口は思わず訊《き》き返した。

「それからステーキの代わりに、よく煮込んだクリームシチュー」

「かしこまりました……」

辛《かろ》うじて、沢口は立ち直った。

「ただ、猫舌《ねこじた》なんで、シチューはよく冷《さ》ましといてください」

「かしこまりました」

「じゃ、よろしく」

沢口は、電話を切って、ホッと息をついた。

アジの干物に、冷めたシチューだって？　「猫舌」だから、と来た！

「まるで本物の猫みたいだな」

と、沢口は呟《つぶや》いて、それからちょっと笑った。

「まさか、猫が披露宴に出て来るわけもないしな……」

――小坂浩子は、昼から、会社の創立二十周年記念パーティの会場になる部屋へ入って、中を見回した。

もちろん、パーティは一時からで、まだ準備にかかるのも早すぎるのだが、朝のうちに、一度は、場所を覗《のぞ》いておかないと、気が済まない。性分というか、彼女なりのプロ意識の表われでもあった。

小坂浩子は三十二歳になる。表向きは、このところ、ずっと「三十歳」で通していた。きりっとした顔立ちで、美人と言えなくもないのだが、どことなく近寄りがたい厳しさが具《そな》わっていた。

おかげで、今のところ、独身生活にピリオドを打つ見通しはない。それに、若いながら、沢口の片腕として、宴会業務を切り回している。

沢口が休んだり、所用で出かけているときには、浩子がこのフロアの責任者になるのである。

ガランとした、宴会場の中を、ゆっくりと歩く。――ここが、今日の戦場だ。

軽いめまいがして、立ち止まった。

疲れていた。このところ一カ月近く、休みなしの状態が続いている。無理をする気はないのだが、人任せでは、つい安心できないのだ。性格というものだろう。

手近な椅子《いす》にかけて、少し休む。

沢口が、彼女をここまでに育ててくれたのである。小坂浩子は、沢口に感謝していたが、この一年ほど、仕事が辛くなってきているのは、ほかならぬその沢口のせいだった。

いや、浩子のほうで、沢口への気持ちを、感謝の念に止《とど》めておけなかったのである。――どうすべきか。辞めるか、それとも誘いのかかっているほかのホテルへ移るか。

浩子は迷っていた。

ドアが開いて、顔を覗かせたのは、二十五、六の青年だった。

「何かご用ですか？」

仕事の顔になって立ち上がると、浩子は歩いて行った。

「いえ……。ここでパーティがあるんですね」

「はい。午後一時からでございます」

「いや、実は受付をやれと言われてるんですよ」

と、その青年は、ちょっと照れたように、「それにしても、早く来すぎたかな」

「まあ、そうでしたの」

と、浩子は微笑《ほほえ》んだ。「十二時過ぎにおいでください。受付のテーブルなどをセットしておきますわ」

「よろしくお願いします」

青年は少し安心した様子で言った。「どうも、こういうことは、不慣れなので、緊張しちゃって――」

「できるだけのお手伝いはさせていただきますわ。私、ここの係の小坂と申します」

「よろしく。脇本《わきもと》といいます」

紺のビジネススーツが、いかにもよく似合う青年である。「じゃ十二時に来ます」

「お待ちしております」

と浩子は頭を下げた。

その青年が、エスカレーターのほうへ歩き出すと、入れ違いに沢口がやって来た。

「小坂君」

「はい」

「今日の白井様と伊豆島《いずしま》様の披露宴だけどね――」

ガチャン、と派手な音がした。見れば、あの青年が、灰皿を引っくり返したのだった。

「すみません、どうも――」

脇本というその青年は、あわてて灰皿を戻すと、浩子のほうへ頭を下げ、急いで行ってしまった。

「客かい？　ずいぶんせわしない人だね」

と、沢口は言った。「ところで、その披露宴なんだが――小坂君、どうした？」

浩子は、ハッと我《われ》に返った。

「すみません。ちょっと気になったことがあって」

「なんだい？」

「いえ、大したことじゃないんです」

と、浩子は言った。

浩子は、脇本が灰皿を引っくり返すのを、何気なく見てしまったのである。

脇本は、沢口が、「伊豆島」という名を出したとき、ギョッとしたように振り向き、それでいて足のほうは止まらなかったので、灰皿にぶつかったのだった。振り向いたときの顔は、ショックにこわばっているように見えた……。

沢口の話に耳を傾けながら、小坂浩子は、なんとなく、漠然とした不安に捉《とら》えられていた。女の勘というのか。――今日は何か起こりそうだ、と浩子は、落ち着かない気持ちで考えた……。

1

「へえ、凄いじゃやない！」

と晴美《はるみ》は言った。

ホテルに来るのが初めてというわけでは、むろんないのだが、このホテルはめったに来ない。

「ロビーがずいぶんきれいになったのね」

平日とはいえ、人の賑《にぎ》わいは、さすがに途切《とぎ》れることがない。

「ねえ、お兄さん。――お兄さん、てば」

晴美に呼ばれて、片山義太郎《かたやまよしたろう》は、ハッと我に返った。

「な、なんだ？　呼んだか？」

「何をぼんやりしてんのよ。少し早すぎたじゃない。――どうする？　一時間もあるわ」

「そうか。じゃ、あと何時間あるんだ、披露宴が終るまでに？」

晴美は吹き出した。

「お兄さん、そんなに緊張しなくたっていいのよ。たかがスピーチじゃないの」

「それにしたって……白井も白井だ。俺に何の恨《うら》みがあるっていうんだ！」

「オーバーねえ。ほら、そこのラウンジでお茶でも飲んでましょ」

――晴美は、明るいすみれ色のワンピース。片山は、型どおり、黒の上下にシルバータイのスタイルである。

二人は、庭園を眺《なが》められる席に着いて、コーヒーを頼んだ。片山もやっと落ち着いてきたようで、周囲を見回す余裕もできたらしい。

「知ってる人、いる？」

と晴美が訊く。

「いや。だって、白井とは子供の頃からの付き合いだけど、途中、学校なんかはずっと別だからな。彼の友人というのは、ほとんど知らないよ」

もちろん、二人は就職先も別である。

片山義太郎は、警視庁捜査一課の刑事だが、白井信一《しんいち》は、外資系企業の課長をしている。

同じ年齢――ということは、三十そこそこで、すでに課長というのだから、大変な出世だった。

片山には、ちょっと信じられないような話だ。――白井信一は、頭はよかったが、至って内気で、おとなしく、泣き虫の子供だった。それが今やエリート中のエリートとでも言うべき立場である。

早く辞めたくて仕方ない、平《ひら》の刑事とは大分《だいぶ》違う、と片山は思った……。

ゆっくりコーヒーをすすっていると、誰やら、タキシード姿の男がやって来た。

「――失礼。片山さんでいらっしゃいますね」

「はあ」

「白井様がお呼びでございますが」

「そうですか。どこです？」

「下の宴会場のほうで。ご案内いたします」

「お願いします」

片山は立ち上がった。「じゃ、ちょっと行って来る」

「ごゆっくり」

晴美はそう言って、片山が行ってしまうと、天井の凝《こ》った照明などをのんびり見上げていたが……。

「——それが白井らしいところさ」

という声が耳に入った。

おや、と振り向く。見たところ、やはり披露宴に出るらしい、四十代も後半という感じの男、二人がしゃべっている。

昼間から、ビールと水割りなどを飲んでいる。

「そのうち、誰かに殺されるぜ」

と、メガネをかけた、小太りな男が言ったので、晴美は、耳を澄《す》ました。

殺される、なんて言葉を聞くと、じっとしちゃおれないのである。

「いくら成績がいいかもしれんが、あの若さで、十歳も二十歳も年上の先輩をこき使ってるんだからな」

「しかも、みんなの目の前で叱《しか》りとばすって話だぜ。全く哀《あわ》れなもんだ」

「今日は、いくらなんでも部下は出てないんだろう？」

「いや、それが白井らしいとこさ。なにしろ、岩本《いわもと》が招待されてるんだ」

「岩本が？」

「ああ。しかも、スピーチをやらされるってんで断わるわけにいかないらしい。哀れなもんだ」

「それにしても、白井の奴、どういう神経なんだ？　自分が蹴落《けお》とした、前の課長を呼んでスピーチさせるなんて!」

「いやがらせだろう。岩本に同情してる課員も大勢いるわけだから、白井にしてみりゃ、早く岩本を辞めさせたいわけさ」

「そこを、岩本も粘ってるわけだな。今日は何をしゃべる気だろう?」

「さあ。好きなことを言えば、自分の首を絞めることになるからな。難しいところだろう」

「気の毒にな。俺なら、一発ぶん殴って、辞表を出す」

「本当にやれるか? 今は、クビになったら再就職は難しいぜ。特に岩本は女房が入院していて、金がいるんだ」

「そうか。辛いな、そいつは」

二人はしばし黙った。

晴美はそっと息を吐《は》いた。——兄の旧友とはいえ、大分タイプの違う男性のようだ。

「——聞いたかい、この前の研修のときの話?」

と、また話が始まったが、そこへ、

「晴美さん!」

と、ラウンジ中に響き渡るような声がして、石津《いしづ》刑事がやって来た。「やあ、遅くなっちゃって!」

晴美は苦笑した。石津が来たのでは、ほかの席の話など聞こえなくなってしまうだろう。

「いや、美しいですね。今日はまた一段と！」

「ご苦労様ね。ホームズは？」

「あれ？　今まで後ろにいらしたんですが」

石津はキョロキョロと周囲を見回した。

晴美の向かいの席に、ピョンと、三毛猫が一匹、飛び乗った。

「あ、なんだ、そこにいたの」

と晴美は言ってから、吹き出してしまった。

ホームズの首に、なんとも可愛らしい、赤いリボンが、蝶《ちょう》ネクタイよろしく結んであるのだ。

「ホームズ、なかなかさまになってるわよ」

「ニャオ」

と、ホームズは優雅に座り込んだ……。

「それじゃ、僕もここに座らせていただきます」

石津が、大きな体を無理に小さくして、座る。猫恐怖症も、大分治ってきたが、やはり苦手なことには変わりないようである。

「──片山さんは？」

「宴会場のほうへ行ってるわ」

「もう始まったんですか？」

「いいえ。披露宴は二時からよ」

「よかった！」

と、石津は息をついた。「食べ残したくありませんからね！」

正直なのが石津の取《と》り柄《え》である。

晴美は、振り向いて、さっきの二人の男を見た。水をガブリと飲んで、席を立つところであった。

結婚といっても、必ずしもみんなに祝福されるとは限らないのだ、と晴美は思った……。

「なんだって？」

片山は思わず訊き返した。

「しっ！　そんなにびっくりすることはないじゃないか。君は刑事だろ。殺人なんて日常茶飯事じゃないのかい？」

「それにしたって……結婚式に出るために来たんだぜ。殺人事件の捜査に来たわけじゃない」

と片山は文句を言って、「——いったいどういうことなんだ？」

と、ため息とともに訊いた。

「うん。何も君に心配をかけたくて言ってるんじゃないんだ」

白井信一は、片山を促《うなが》して、宴会場フロアのロビーのほうへ歩いて行き、ソファに腰をおろした。

まだ来る人もいないので、静かである。

「しかし、殺されるかもしれないってのは、どういうことなんだ？」

と片山は訊いた。

「うん……。僕はいろいろと恨まれていてね。それに現実的な問題——金も絡《から》んでるんだ」

「金が？」

「僕の結婚相手を知ってるかい？」

「変わった名前だったな。ええと……伊豆大島だっけ？」

「伊豆島だよ」

と、白井は笑いながら言った。「相変わらずだな、君は」

片山は苦笑いした。昔からの友人とはいえ、白井は常に優等生、片山は大体が、ボンヤリ組の一人だったのである。

「彼女はね、凄い金持ちなんだ」

「へえ。だって若いんだろ？」

「十八だよ」

「十八！」

片山はびっくりした。若いとは聞いていたが、そんなに若いとは思っていなかったのである。

「親の遺産を継いでいてね、何億円もの資産を持っている」

未《いま》だにアパート住まいの片山には、「遺産」なるものは無縁の言葉である。

「すると、それが手に入らなくなると困る人間がいるってわけだな」

「そう。彼女の取り巻きになろうとして、いつもうろついてる親類たちさ。今日もそのうちの主なのは顔を揃《そろ》えるはずだ」

「へえ。――しかし、そんな連中は、人殺しまではやらないもんだよ」

「だといいんだがね」

と、白井は肩をそびやかして、「脅迫状や電話も来ている。何度もね」

「脅迫？　どんな？」

「伊豆島雅代《まさよ》との結婚はやめろ、とね」

「その脅迫状は？」

「捨てちまったよ。まずかったかな」

「差出人を割り出せたかもしれない。――まあいいよ。ほかにも君を恨んでそうなのがいるの？」

「いる。会社の連中さ」

「同僚か？」

「というより、部下だな」

と、白井は言った。「なにしろ三十前に課長になって、部下には五十過ぎの者までいるんだ。実力主義のアメリカとは違って、日本の感覚からはついて行けないんだろう」

「特に君を恨んでるのは？」

「岩本。——前の課長なんだ。それが今、僕の下にいる」

「そりゃ問題だな」

「岩本は仕事で大失敗をやった。それだけでなく、それを隠そうとしたんだ。——格下げされても、クビになるよりましだろう。ところが、その後、僕が抜擢《ばってき》されたものだから、いつの間にやら、僕が、岩本の失敗を、上層部へ密告したということになってしまったんだ」

ありそうな話である。一杯やりながらの臆測話が、いつしか事実となって広まってしまう。

「その岩本ってのも、来るのか、今日は？」

「来るよ。スピーチも頼んである」

「呼ばなきゃいいじゃないか」

「そうもいかないんだ。ともかく、当人が、スピーチさせてくれと言って来たんだから」

「その岩本が？　なぜだい？」

「知らないね」

と、白井は首を振った。「だが、やらせなきゃ、また何を言い出すか分からない」

「まともなスピーチをするかね」

「分からない。一応、彼女にも事情を話してあるから、どんなことを言い出しても、びっくりはしないだろう。しかし、ほかの連中は大喜びするだろうな」

「――それで僕を招いたのか」

「ほかに頼れる奴はいないんだ」

白井は、ちょっと寂しそうに言った。「出世、金、美女……。みんな手に入れても、空《むな》しいもんさ」

ふと、片山は、後ろに誰かの気配を、感じて振り返った。

「失礼します」

と、ちょっと地味なスーツに、ホテルのプレートを胸につけたその女性は言った。「白井様、お電話が入っております」

「どうもありがとう。――じゃ、片山、よろしく頼むよ」

白井はポンと片山の肩を叩《たた》いて、足早に立ち去った。その白井を、電話のほうへ案内して行く、女性の後ろ姿を眺めながら、片山は、あの女性、いつから後ろに立っていたんだろう、と思った。

「出世、金、美女か……」

と、晴美は肯《うなず》いた。「人生は結局空しいのよ」

「お前はすぐ話を一般論に持って行くんだからな」

と片山は苦笑した。

十二時を過ぎて、ロビーも大分人が多くなって来た。披露宴に出ると覚《おぼ》しき客の姿もそこここに目につく。

「どうせ、俺はそのどれとも関係ない」

と、片山は伸びをして、言った。

「あら、三番目のは目の前にあるじゃないの」

と、晴美が言うと、足下《あしもと》のほうで、

「ニャーゴ」

と、抗議の声が上がる。

「あ、ごめん、ホームズ。お前のこと、忘れてたわ」

いい気なもんだ、と片山は苦笑した。

「――失礼します」

と、女性の声。

顔を上げると、さっき白井を呼びに来た女性である。

「何か……」

「私、宴会係の小坂と申しますが、ちょっとお話が……」

とその女性は言った。

片山たちは、小坂浩子の話を聞いて、顔を見合わせた。

「すると、その若いサラリーマンが――」

「思い過ごしかもしれないんですけど、どうも伊豆島さんという方をご存じのようなんですの」

片山は考え込んだ。――一応、白井は片山たちを、一種のボディガードのつもりで招待しているのだ。

もちろん任務として来ているわけではないが、殺人事件の起こる可能性があるとすれば、捜査一課の刑事としては、それを防ぐべく努力する必要はある。

「――お兄さん、一応その人に会ってみたら？」

と晴美が言った。

「そうだな。万一ということがある。――その男性は……」

「脇本さんとおっしゃいました。今、受付の準備をなさっています」

「分かりました。話してみましょう」

片山は立ち上がって、「——あなたは、さっきの僕と白井君の話を聞いたんですね？」

「申し訳ありません」

小坂浩子は頭を下げた。「つい、お声をかけるのがはばかられて。耳に入ってしまいました」

「いや、これで事件が未然に防げれば、結構なことじゃありませんか。では案内してください」

と片山は言った。

2

たとえ、空しくてもいいから、出世と金と美女を手にしてみたい、とたいていの男は思うだろう。

片山は、披露宴会場の正面に並んだ、白井と、花嫁を眺めながら、考えた。

伊豆島雅代は、十八歳とは見えなかった。十六といって、充分に通用する。小柄《こがら》で、愛らしい少女、という印象であった。

ウェディングドレスの純白に包まれた彼女からは、まさにため息をつかせるに充分な、初々《ういうい》しい魅力が溢《あふ》れ出ていた。

「──次に、新婦の叔父様《おじ》でいらっしゃる、伊豆島元治《もとじ》様からご祝詞《しゅくし》をちょうだいしたいと存じます」

司会は、プロの司会業らしい。いかにも、淀《よど》みなく、それがかえってよそよそしい感じではあった。

「あの人も、要注意人物でしょ」

と晴美が片山のほうへ囁《ささや》く。

「しっ！　聞こえるよ」

と、片山は言った。「──それにしても、ひどく酔ってるな」

「やけ酒よ、きっと」

五十がらみの、いかにも酒好きな印象を与える赤ら顔の男である。一応ダブルの背広など着ているのだが、どことなく崩れて、だらしのない印象を与える。

「ん……ああ、雅代君、おめでとう」

しばらく口の中でムニャムニャやってから、やっとスタートする。

片山は、ちょっと、横顔を見る位置に座っている、岩本という男を眺めた。白井の前の課長だ。

確かに、左遷されたゆえの、張りのなさ、とでもいうのか、顔立ちなどはそう老け込んだ感じでもないのに、髪はすっかり白くなっていて、背を丸めた姿勢にも、どこか生気《せいき》がない。

ボソボソとスープをすすっている様子は、なんとなく哀れだった。

「いかがですか、お味のほうは？」

沢口という、この宴会場の主任が、声をかけてきた。片山にでなく、椅子の上で、冷めたスープをせっせとざらついた舌で飲んでいるホームズに、である。

ホームズが沢口を見上げて、ペロリと舌なめずりして見せた。

「おいしい、と言ってますわ」

と晴美がホームズの〈舌話〉を通訳した。

「光栄です」

沢口は、楽しげに微笑んでいた。

片山は、支離滅裂な話をくどくどと続けている、伊豆島元治のほうへ目をやりながら、世に言うエリートというのも大変なんだな、と思った。

白井のことは、片山もよく分かっている。確かに頭も切れ、仕事には有能な男だろう。しかし、決して、策謀家ではない。

他人を蹴落としてまで、出世できる男じゃないのだ。――それに、金目当てに、大金持ちの娘をたらし込むほど器用なプレイボーイでもない。

それなのに、嫉《ねた》まれ、あることないこと陰口を叩かれ、脅迫までされる。しかも、命まで狙われるというのでは、白井のほうから見れば、まことに割りの合わない話である。

しかも、エリートゆえに、仕事はきつい。五時で終わって、後は帰りに焼き鳥で一杯、帰ればテレビと風呂で一日終わり、というわけにはいかないのだ。

エリートってのも辛いもんだな、と非エリートたる片山は考えた。

「なんだってんだ！」

突然、伊豆島元治が喚《わめ》き出して、片山は仰天した。みんな呆気《あっけ》に取られている。

「この娘は——俺が育ててやったようなもんだ！　それなのに——それなのに——恩知らずめが！」

と、もうわけの分からない様子で、マイクを振り回している。

「誰か、外へ——」

「酔っ払ってんだ」

「放っとけ、放っとけ」

「水ぶっかけろ」

あれこれと、勝手な言葉が飛ぶ。

「お兄さん、出て行ったら？」

「俺が？　しかし、殴られたらどうするんだ？」

頼りないボディガードである。

「僕が行きます」

石津が立ち上がった。「二、三発食らわしてやれば静かになるでしょ」

「おい、よせ！」

片山はあわてて言った。「分かったよ。じゃ、一緒に外へ連れ出そう」

ホテルの従業員たちも、なんとなく、近づきにくいのか、手を出しかねている。そこへ、沢口が進み出て、

「お客様、お電話が入っております」

と、伊豆島に言った。

「電話だと！　それがどうした！　電話なんか怖かねえぞ！」

と、至極当然のことを言っている。

「重大な用なので、伊豆島様でなければ分からないということで……」

「うん、そうか……」

伊豆島は、急にぐっとそっくり返り、「やっぱり俺でないとだめか。――分かった。電話はどこだ」

「ちょっと歩きますが」

「遠いのか？　電話ぐらい、このテーブルに置いとけ」

「申し訳ございません。こちらへ――」

沢口に案内されて、伊豆島がフラフラと右へ左へ揺れながら、会場を出て行く。誰もがホ

ッと息をついた。

「さすがね」

晴美は感嘆の態《てい》。「ああいうふうにスマートにやらなくちゃ」

「プロはプロだな。さて、これで一安心《ひと》か」

片山は花嫁のほうを見た。――伊豆島雅代は、叔父のあんな醜態《しゅうたい》を客に見られて、うつむいているかと思うと、むしろ、楽しげに白井のほうへ話しかけて、笑ったりしている。

見かけはともかく、あれはなかなか度胸のすわった娘なのかもしれないな、と片山は思った。あの脇本という男の話を聞いても、ただ可愛いというだけの娘ではないことはよく分かる……。


「伊豆島雅代さんを知ってるね」

と片山が言うと、脇本はさっと青ざめた。

「――あなたは？」

「警察の者だ」

と、片山は多少格好をつけて言った。「実は、隣りの宴会場で、今日披露宴がある。そこに脅迫が来ているというので、あらかじめ警戒しているんだ」

「そうですか」

脇本は肯いて、「いや――僕もびっくりしましたよ。まさか彼女の式が今日だとは思わなかったんで」

「君のほうは会社のパーティ？」

「はい、そうです。――まだ客が来るのには間《ま》がありますけど、緊張しちゃうたちなので、ここにいるんです」

脇本は、まるで今にも客が来るか、という様子で、椅子も置かずに待ち構えている。

「雅代さんとはどういう関係？」

と、片山は訊いた。

「ええ……。まあ、なんというか――恋人だったんですよ。もっとも、そう思っていたのはこっちだけかもしれませんが」

と、脇本は、ちょっとわびしげに笑った。

「まだ彼女は若いんだろう？」

「そうです。でもチャーミングな娘でしてね」

と、脇本は言って、ため息をついた。「忘れられませんよ、彼女のことは」

「結局振られたというわけ？」

「そういうことです。彼女と、銀座で待ち合わせましてね。そしたら、楽しそうにやって来て、『私、婚約したの』って言うんです。そして婚約者のことをさんざん聞かされて……。

あのときはショックで死にたかったな」

どうやら、そのショックからは、まだ立ち直っていないようだ、と片山は思った。あまりもてない――というより、ごくたまに惚《ほ》れられることがあっても、逃げ出してしまう片山としては、脇本の受けたショック、分からないでもない。

「で、今日、この隣りへ来たのは、偶然なんだね？」

「もちろんですよ！」

と、脇本は目を見開いて言った。「なにしろ受付を仰《おお》せつかってましてね。もちろん、彼女の結婚式が近いことは知ってましたが、同じ日に、しかも隣りの部屋とは思いませんでした」

「そうか。――まあ、気を悪くしないでくれよ。これも念のためなんでね」

「よく分かってます。それに、彼女に万一のことでもあったら、僕だってたまりませんよ。たとえご主人のほうに何かあったとしても、彼女が悲しむでしょう。そんなことにはなってほしくないし……。あ、部長」

もちろん「部長」と呼ばれたのは、片山ではない。振り向くと、いかつい顔の男がジロリと片山をにらんだ。

「なんだこいつは？」

「は、あの――」

と、脇本が困ったように言いかける。

「いや、ちょっと道を訊いてただけです」

と片山は言った。

歩き出すと、後ろから、あの「部長」とやらが、

「気を付けろよ。祝儀の金を狙ってウロウロしてる奴が、こういうところにはつきものなんだからな」

と、聞こえよがしに言っているのが耳に入ってきて、片山は頭に来た。


しかし――と、片山はムニエルの骨を苦労して外しながら、思った。あの脇本という男に関しては、まず心配あるまい。

振られた恋人や、その夫の身まで心配するというのは、少々できすぎの感もあるが、それは脇本のプライドというものであろう。

シュワッ、シュワッと変な音が足下のほうから聞こえてくる。見ればホームズが、せっせとアジの干物を食べているのだった。

――主な招待客の挨拶《あいさつ》が一《ひと》とおり済むと、司会者が、新郎新婦ともに、お色直しに立つと告げた。

白井と雅代が、静かに会場を出て行く。音楽が流れ始め、誰もがホッとしたように、食事

に専念し始めた。

「――なんとか無事に済みそうだな」

と片山が言うと、晴美が、

「まだこれからよ」

と、おどかす。

「そうですよ！」

石津が力をこめて賛同した。「まだこれからステーキが出るんですからね」

片山が呆《あき》れていると、ホームズが、急にハッと顔を上げた。そして、一声、鋭く鳴くと宴会場から飛び出して行く。

「何かあったのよ！」

晴美が椅子を蹴り倒して立ち上がると、ホームズの後を追う。

「おい、待てよ！」

片山も、あわてて立ち上がった。石津も――立ち上がったが、少し遅れた。ムニエルのソースをひたしたパンを、丸ごと口の中へ押し込んで、目を丸くしていたのである。

廊下へ出ると、白井と雅代が、立ちすくんでいる。

「こいつ！」

「やめろ！　何をするんだ！」

二人の前で取っ組み合っているのは、雅代の叔父の伊豆島元治と、そして脇本だった。

「誰か来て！　止めて！」

と雅代が叫んでいる。

伊豆島が、銀色に光るハサミを振りかざしている。

「邪魔するのか、こいつ！」

と、伊豆島がハサミを振り回した。

「あっ！」

と声を上げて、脇本が足を押えてうずくまる。血が指の間から流れた。

ホームズが猛然と伊豆島へ躍《おど》りかかった。

「いてえ！」

手を引っかかれて、伊豆島がハサミを取り落とす。片山と石津が、伊豆島を押えつけた。

「片山、すまん――」

と白井が言った。

「いいから、ここは任せろ！　君らは早く行け！」

「頼むよ」

白井が花嫁を促して、「さあ、案内してもらうんだ」

ホテルの係が、やっと我に返った様子で、雅代を早々に連れて行った。

会場からも、続々と客が出て来て、何事かと集まって来た。

「なんでもありません！　大丈夫ですから――」

と片山が言っても、現に脇本は足から血を流して、駆けつけた沢口に、抱きかかえられながら、控室のほうへと歩いて行く。

まさに大騒ぎであった。

「ともかく、伊豆島をどこかへ――」

「こちらへ」

と、声をかけてきたのは、小坂浩子だった。「すぐに警察を呼びますから」

「頼みます。どこか、部屋を――」

「控室が空《あ》いています。ガードマンを呼んで、そばにつけておきますから」

いったん押えつけられると、伊豆島は、シュンとして、おとなしくなってしまった。

ともかく、空いた部屋の一つへ、伊豆島を連れて行き、駆けつけて来たガードマンが、三人で伊豆島を見張っていることになった。

片山と石津がロビーに戻ると、晴美とホームズ以外の客たちは、一応宴会場の中へ入ったようだった。

「どう？」

「うん、今、警察を呼んでる。それにしてもひどいことになったなあ」

「ステーキのほうはもう出たでしょうか?」

と石津が不安げに言った。

沢口が戻って来る。

「――どうですか、傷の具合は?」

と片山が訊く。

「ともかく、今医者を呼んでいます。すぐに来ると思いますが……」

沢口は青ざめていた。「こんなことになって申し訳ありません」

「いや、あなたの責任じゃありませんよ」

と、片山は慰めた。「ともかく、披露宴を滞《とどこお》りなく終わらせないと」

「そうですね」

沢口が肯く。「ああ、今の方は隣りの会場の受付をやっておられたんですね」

「そうだ。事情を説明してきてもらえませんか」

「かしこまりました」

と沢口が急いで立ち去る。

「やっぱり無事じゃ済まなかったわね」

と、晴美が言った。

「全《まつた》くだ。それにしても呆れた家だな」

「でも、あの脇本って人、素敵じゃない？　振られた彼女を守るために、身を挺《てい》して、負傷するなんて」

「うん、まあ……。立派すぎるような気もするけど……」

と片山は曖昧《あいまい》に言った。

「あら、何か不満なの？」

と、晴美が言った。「分かった。劣等感を感じさせられるのね」

「馬鹿いえ。どうして俺が――」

「片山さん」

と、石津がつついた。「ステーキが出てるようですよ」

小坂浩子が、早足にやって来た。

「今、警察の方がみえました」

「ありがとう。すぐ行きます」

小坂浩子は、ちょっとためらって、

「――あの――刑事さん」

と言った。

「何か？」

「この事件で、沢口さんが責任を問われるようなことがあっては……いえ、ホテルの評判にも響きます。なんとか、内聞に願えないでしょうか」

「さあ。傷害事件ですからね。特に、殺意があれば、殺人未遂ということになる。表沙汰《おもてざた》にしないというのは、無理かもしれませんよ」

「そうですか……」

と、小坂浩子は目を伏せた。

片山は、晴美のほうへ、

「じゃ、お前たち、席へ戻ってろよ。伊豆島を引き渡してくる」

「分かったわ。さ、ホームズ、行きましょ」

と、晴美は言った。

石津のほうは、何も言われなくても、もう宴会場のほうへと歩き出していた。

「――ホームズ。何してるの?」

と晴美は歩き出して、振り向いた。

ホームズは、じっとその場に座って、小坂浩子の後ろ姿を見送っていた……。

伊豆島を、警察へ引き渡して、片山が披露宴の席に座ったのは、十分ほど後のことである。

ステーキは少し冷めていたが、食べられないこともなかった。石津の皿は、とっくに空《から》になっている。おそらく、肉のほうも、冷める暇《ひま》がなかっただろう。

ホームズは、特に、冷ましたシチューを旨《うま》そうになめている。

「まだ戻らないのか」

と片山は、新郎新婦の席が空いたままなのを見て言った。

「無理もないわよ。あんなことがあっちゃね」

「ショックを鎮めてるのかな」

「泣き出さないだけでも立派なもんだわ」

「お前なら、躍り上がって喜ぶだろう」

「どういう意味よ！」

晴美がかみつきそうな顔で、片山をにらみつけた。

「ああ、やっと落ち着いた」

と、石津が息をついて、「晴美さん、僕らの式のときもステーキを出しましょう」

「そうね。じゃ早速《さっそく》注文する？」

「おい！」

片山が青くなった。石津は赤くなった。ホームズが茶色と黒と白に――これはもともとである。

「冗談よ」

一人、平然としているのは晴美だけであった。「あら、何か――」

と、晴美が振り向いたのは、小坂浩子が、早足にやって来たからだった。

「刑事さん、すみません、ちょっと——」

と、低い声で言った。

「なんです？　警察が何か言ってますか？」

「そうじゃないんです。大変なことに——」

小坂浩子は、青ざめている。

「分かりました」

片山は立ち上がった。晴美とホームズも、片山の後から、ロビーへ出て来る。

ロビーのソファに、白のタキシードに着替えた白井が、座り込んで、まるで疲れ切ってでもいるように、頭を抱えていた。

「——白井、どうしたんだ？」

片山が寄って行くと、白井は頭を上げた。

目が赤い。泣いているのだ。

「片山……」

「何事だ？」

白井は、囁くような声で言った。

「彼女がやられた」

3

和室にすれば、六畳ほどの広さの部屋である。

柔らかいカーペットを敷きつめた床《ゆか》は、少し高くなっていて、靴《くつ》を脱いで上がるようになっていた。

「ここで、カクテルドレスに着替えるはずでした」

と、小坂浩子が言った。

花嫁は、その部屋の中央に、倒れていた。まだウェディングドレスを着たままで、胸のあたりが、血に染まっている。

片山は上がり込んで、慎重に調べた。完全にこと切れている。

――白のドレスに血の色はあまりに鮮やかで、かえって現実感がない。

おかげで死体を見ると貧血を起こすという持病が出ずに済んだ。

雅代の顔は、いたって穏やかであった。

「――見付けたのは?」

と片山が訊く。

「私です」

と、小坂浩子が言った。「次のカクテルドレスを着せる係の人が、私のところへ相談に来たものですから」

「というと？」

「さっきの騒ぎの後、ここへ入ると、花嫁さんが『一人にしてくれ』とおっしゃったんだそうです。――あんなことの後でしたから、無理もないと思い、係の者が外へ出て、『よろしいときにお呼びください』と、声をかけたんだそうです」

「それで？」

「それから係の人は、いったん奥へ入り、少しして出て来て、表で待っていたんですが、一向に呼ぶ声がありません。そのうちに、花婿さんのほうは支度《したく》を終えてやって来て、ドアをノックしたのですが、返事がありません。それで、係の人が私に知らせてくれたのです」

「すぐにドアを開けなかったんですか？」

「着替えの途中なら失礼ですし、めったなことで開けるなと言われています」

「なるほど」

「それで私も、ご主人の白井さんのお許しを得てドアを開けたんです」

「するとこの状態だった、と……」

「そうです」

「参ったな、こいつは」

と片山は首を振った。

「気の毒に……」

晴美が、呟くように言った。「あれを着るつもりだったのね」

淡いピンクの、可愛いドレスが、壁にさがっている。

ホームズが上がり込んで、あちこちと歩き回り始めた。

「ともかく殺人事件だ。急いで一一〇番を」

と片山が言った。

「はい」

小坂浩子が早足に出て行く。

「――片山」

と声がした。

振り向くと、白井が立っている。こわばった、厳しい顔立ちだ。

「白井、すまなかった、こんなことに――」

「披露宴は続けるぞ」

「――なんだって?」

「犯人を見付けてくれ。犯人はきっと今日の席にいる奴の一人だ。黙って帰すもんか!」

白井の声は震《ふる》えていた。

「気持ちは分かるが——」

「なんとかなる。みんなには、彼女が気分が悪いということにしておいて、君のほうは犯人を見付けてくれ」

「それは無理だよ！　君一人で、正面に座ってる気か？」

「いけないかい？　そんなことだってあるさ」

「さっきの騒ぎの後だ。何かあったと思われるよ。ここは警察に任せておけばいいんだ」

「いやだ」

と、白井はきっぱりと首を振った。「彼女は僕のせいで死んだのかもしれないんだ。分かるか？　僕と結婚しなければ、彼女は生きていたかもしれない。それなのに、犯人をみすみす逃がしちまえと言うのか？」

白井は顔を紅潮させていた。片山は、いつも冷静な白井が、こんなに、生な感情をむき出しにしているのを、初めて見た。

「別にここから帰したって、逃がすことにはならないよ」

と片山は説得しようとするが、白井は受け入れない。

「僕は、自分の手で犯人を捕えてやりたいんだ。分かってくれ。どこか、僕の知らないところで警官が逮捕するんじゃなくて……」

白井はそう言って、花嫁の傍《そば》にかがみ込んだ。「そうしなきゃ、彼女は浮かばれないよ……」

白井の目から、突然大粒の涙が流れ落ちた。誰もが、粛然《しゅくぜん》として、言葉もない。

ホームズが晴美の足をチョイとつついた。

「何なの、ホームズ？」

晴美が見ていると、ホームズは、伊豆島雅代が着るはずだったカクテルドレスのところへ歩いて行って、ニャン、と短く鳴いた。

「――そうだわ！」

晴美が手を打った。「このドレスを、私が着て、白井さんの隣りに座ってればいいじゃないの！」

「お前が？」

片山が目を丸くした。「無理だよ！　大勢知ってる人間が来てるってのに」

「なんとかなるわ。見てよ。このドレスはこの帽子と組み合わせてあるのよ。レースのヴェールが、顔の前へ降りてるわ。少し化粧を濃くして、うつむき加減にして座ってれば分からないわよ」

「しかし、お前が十八歳？」

晴美の目が突然、殺意（？）を帯びたように片山には見えた。片山はあわてて言った。

「分かった！　分かったよ。好きなようにしろ。ただし、白井がそれでよければだけど」

白井が立ち上がって、晴美の手を取った。

「お願いします！　ぜひ、力を貸してください！」

「これで決まりね。――じゃ、小坂さん、どこか空いてる部屋を貸してください。すぐに着替えますから」

「分かりました」

小坂浩子も、白井の姿に打たれた様子で、即座に肯いた。「空いた部屋はいくつもあります。すぐに支度させますわ」

と、出て行こうとしたとき、沢口が入って来た。

「今、聞いたんですが……。本当だったんですか」

沢口は、呆然《ぼうぜん》としているといっていい状態だった。無理もない。あの傷害事件だけでも、頭が痛いだろうに、よりによって殺人とは！

しかし、さすがに責任者だけのことはあって、すぐに職業的な顔に戻った。

「することがあれば指示してください」

「僕が自分で電話します。そのほうがいいようだ」

と片山は言った。

実際、こんな無理なプランを栗原《くりはら》課長に納得させるのは、容易なことではない。ともかく、鑑識や検死官は、急いで呼ばなくてはならないのだ。

「――あ、そうだ。脇本さんは？」

と片山は訊いた。

「今、傷の手当てをして来たところです」

と、沢口は言った。

「具合は？」

「重傷というほどではないようですが、しばらくは動きが不自由になるだろうということでした。——それで、今、この部屋の外に——」

沢口が言いかけたとき、脇本が、負傷した足を引きずりながら、入って来た。

「——本当に死んだんですか、彼女？」

と、信じられない様子。

「残念だけどね」

「でもいったい、いつ？　ついさっきここへ入ったばかりじゃありませんか！」

片山は、花嫁のほうを見て、考えた。確かに彼女を殺す時間は、そうなかったはずである。

「僕は隣りの部屋にいたんです」

と、脇本は言った。

「隣りに？」

「そうですわ」

と、小坂浩子が言った。「けがをされて、その隣りの空部屋へお連れしたんです」

「すると、医者が来るまで、そこにいたんだね？」

「ええ。傷を診《み》てもらって、それから医務室へと運んでもらったんです」

「隣りの部屋で、何か聞こえなかったかい？　悲鳴とか、争う音とか——」

「いいえ、何も」

と、脇本は首を振った。「それにおかしいですよ」

「何が？」

「隣りの部屋は、ドアを開けたままでした。僕はドアのほうを向いて、椅子に座ってたんですよ」

「というと……表を通る者があれば、目についたはずだね」

「絶対です。でも、誰も通りませんでした」

片山たちは顔を見合わせた。

この殺人現場は、宴会場やロビーから、一番離れている。つまり、脇本のいた部屋の前を通らずに、ここへは来られないのだ。

片山は廊下へ出た。右手に廊下が伸びて、左右にドアがあり、その先はロビー、宴会場だ。

左手は？——防火扉が閉《し》まっていた。

「この扉は？」

と片山は訊いた。

「いつも閉まってるんです。こっちからは開きますが、向こう側からは開きません」

と沢口が説明した。「宴会フロアは、祝儀のお金なども集まりますので、あまりほうぼうから入れないようにしてあるんです」

「なるほど」

片山は肯いた。――扉を引っ張ったが、重いので動かない。

「おい、石津！　手を貸せ」

「分かりました。――なんだ、そんなに重くないじゃありませんか」

ステーキの効用か（？）、扉は楽に開いてくる。

「俺だって、力を一杯に出せば開けられるさ」

と片山はわざわざ言った。「これで向こうからは開かないんですね？」

「そのはずです」

「やってみよう。おい、石津、お前向こうへ行って、これを開けてみろ」

「締め出す気ですか？」

と、石津が不安そうに言った。

「お前を締め出してどうするんだ？　早くしろ」

「分かりました」

石津が、ため息をついて、扉の向こう側へ出る。扉が、重々しく音を立てて閉じると、やがて、ガタンガタンと扉を揺さぶる音が聞こえて来た。

「やってるな。——やっぱり開かないようだ」

「じゃ、犯人はどうやってこの控室へ入ったの？」

と晴美が言った。「出るのは出られるとしても……」

「妙な話だな」

片山が顎《あご》に手を当てた。

「一種の密室みたいなものね」

「うん……。でもこんなところで……。まあいい。ともかく、差し当たりは、課長に連絡しなくちゃ」

片山が歩きかけると、防火扉を凄い勢いでドンドン叩く音がした。「あ、そうか。石津を入れてやらなきゃ。——うるさいな、全く！」

「きっとデザートを食べ損なうと心配してるのよ」

と、晴美が低い声で言った。

「よし、開けるぞ」

片山は、沢口と一緒に扉を引いた。とたんに、石津も向こうから押していたらしく、ワッと転がり込んで来た。

「——ああ、びっくりした」

と石津が座り込んでため息をつく。

「こっちのほうがよほどびっくりだ。じゃ、晴美、早く支度したほうがいい。客たちも、どうしたのかと思ってるだろう」

「ええ、任せといて！」

晴美が力強く肯いた。

晴美に任せておくと、ますます厄介《やっかい》なことになる場合も、ままあるのだが、片山もここは黙っていることにした。


「では、次に——」

と司会者が言った。「新郎の、会社における先輩でいらっしゃる岩本様より、ご祝辞をちょうだいしたいと存じます」

なるほど〈先輩〉か。片山は、言葉の選び方に感心した。〈上司〉でも〈部下〉でもまずいだろう。

岩本が、マイクを渡されて立ち上がった。

——披露宴は、大分進んでいた。

現場は、すでに、検死官の南田《みなみだ》を始め、必要な人員が到着している。片山は、一応栗原の許可を取って、席に戻って来たのである。

晴美は、いかにもしおらしい様子で、うつむき加減で白井の隣りに座っている。

気が気でない様子なのは石津だった。

「まさか、晴美さん、あのままあの野郎の妻になるんじゃ――」

と、真剣そのものの顔で片山のほうへ訴えてきて、なだめるのに一苦労であった。

岩本は、マイクを手にしたものの、しばらく黙っていた。――客たちが、はてな、と思うくらい、長い間だった。

ざわついていた会場が、シンと静まり返った。何か起こりそうだという予感。

片山は、これ以上何も起こらなくていいよと祈りたい気分であった。

「私は、岩本と申します」

ゆっくりした口調で、岩本は言った。「ただいまは、新郎の先輩と紹介されました。確かにそれは間違いないのですが、これは司会の方がさんざん頭を悩ませた挙句《あげく》の呼び方なのです」

いったい何を話すつもりなのだろう、と誰もが岩本のほうを見ていた。

「私は、かつて、白井君の上司でした」

と、岩本は続けた。「今は、白井君が私の上司です」

戸惑《とまど》いが、会場を走った。

「私は今、平社員であり、かつて私のいた課長の座に、白井君がついています。しかし、これには、そうなって当然の事情があったのでして――」

岩本は、自分が仕事上の失敗を隠そうとしたことを、説明し、「ですから、私が白井君を恨む筋合いは全くないのです」

と言った。

「いったい何を言うつもりなのかな」

と片山は呟いた。

「ところが社内では、白井君が私の失策を告げ口して、私を追い落としたという噂《うわさ》が流れています」

と、出席している社の同僚たちのほうへ目を向けて、「しかし、その噂が事実でないことは、私がよく知っているのです」

と言い出した。

「――むしろ白井君は、私の失敗を取り戻して、それをなんとか上層部に知らせないようにしようと努力してくれました。ですが、結局は上層部の知るところとなったのです。――どこから話が伝わったかというと、帰りの一杯飲み屋での噂話を、たまたま二階にいた部長の一人が耳にしたからでした。この話は、その部長当人から聞いているのですから確かです」

少し間を置いて、岩本は続けた。「白井君は、自らの力で、現在の椅子を得たのです。私は、当然のこと、課長の座を追われました。——それも、常識的に言えば、クビになって当たり前のところでした」

岩本は、笑顔になった。いい笑顔だ、と片山は思った。

「そのとき、私が失業しないように、社長へ直接かけ合ってくれたのが、実は白井君だったのです」

一様に、驚きの声が上がった。片山にも意外な話だった。

「——ほかの同僚たちは、白井君の悪口は言うし、私に同情してもくれますが、一人として、そこまではやってくれませんでした」

岩本は、静かに続けた。「私の中に、多少はあったわだかまりも、その話を、当の社長から聞いたとき、消えてしまいました。しかも、白井君は、決してそんなことは口にしなかったのです。——人によっては、私を、わざわざ自分の下に置いていることで、白井君のことを悪く言います。しかし、正直なところ、この年齢で、私には新しい仕事など、とても憶えられない。今のままの仕事しかできないし、それが一番気楽なのです」

同僚たちは、釈然としない表情で、岩本の話を聞いている。

「また、ときどき、白井君は私を怒鳴《どな》りつけます」

と、岩本は言った。「しかし、それは上司として当然のことです。むしろ私だけが怒鳴られなかったら、かえって辛い思いをするでしょう。——今のままでいいのです。今日は、あんまりこの席にふさわしくない話をしたかもしれませんが、私が心から白井君の幸福を願っていることを、知ってほしかったのです」

岩本の話が終わった。

拍手が起こった。——義理でない、心からの拍手が、長く続いた。

4

「もうじき、披露宴は終わっちまうぜ」

と、根本《ねもと》刑事が言った。「どうなるんだ、いったい？」

「はあ……」

片山は頭をかいた。

宴会場からは、誰かの歌が聞こえてくる。片山はロビーに出て来ていた。

「やっぱり無理だよ、犯人を捕えようってのは」

「そうですね」

「終わりゃ、新郎新婦、出口のところで挨拶するんだ。いやでも顔を見られる」

確かにそのとおりだ。——白井には悪いが、ここは諦《あきら》めるほかないのではないか……。

そこへ、「根本さん！」

と若い刑事の一人が走って来た。「凶器が出ましたよ！」

「本当か？　おい、片山、行ってみよう！」

片山は、一緒に出て来ていたホームズとともに、若い刑事について行った。

「——あの柱の陰に落ちていたんです」

片山は戸惑った。

そこは、あの防火扉の外側だったのである。

「すると犯人は外へ逃げたのか」

と根本が言った。

「そうですね。でも、どうしてそんなところへ捨てて行ったんでしょう？」

「しかも、血はきれいに拭《ぬぐ》ってある。ここで見付かりゃ、どうせ凶器だと分かるに決まってるのに、どうして、わざわざ拭ったりしたのかな」

と根本は首をひねった。

片山は、考え込んだ。——捨ててあった場所からみて、犯人が凶器を隠すつもりでなかったことは、はっきりしている。

だが、投げ捨てるだけなら、そのまま投げ捨てて、早く逃げたほうが得《とく》だろう。血をきれいに拭うことに何の意味があったのか？

ホームズが、ニャーオと鳴いた。

「なんだい?」

と振り向くと、ホームズの前に、クシャクシャになったハンカチが落ちている。

拾い上げてみると、血がしみ込んでいた。そう多量ではない。

「ナイフを拭ったハンカチかな」

根本はそれを広げて、「どこにでもある代物《しろもの》らしいが、ともかく調べてみよう」

と、歩いて行った。

「おい、ホームズ、どこでこれを見付けたんだ?」

と片山が訊くと、ホームズがトットッと歩き出した。

ついて行ってみると、現場の隣りの部屋、つまり、あの脇本がいた部屋である。

「ここで見付けたのか?」

なるほど、くずかごが引っくり返されて、中身が派手に散らかっている。この中から捜《さが》し出したらしい。

「じゃ、今のはきっと、脇本が傷を押えてたハンカチだよ」

と、片山はがっかりして、言った。「それなら血がついてても当たり前じゃないか。お前らしくもないな」

片山は、ホームズが、散らかしたごみの中へ行って、チョコンと座るのを見た。

「そうか。——つまり、この部屋は、あの脇本の後、誰も使ってないわけだ」

それなのに、血のついたハンカチはくずかごの中をこんなに引っかき回さなくては、出て来なかったのだ。——ということは、わざわざ、くずかごの奥のほうへ、押し込まれていたということだろうか？

「おい、ホームズ」

片山は、その場に座り込んだ。「お前はまさか——あの脇本がやったというつもりなのかい？」

ホームズが目をキュッとつぶる。コックリ肯く、というところだ。

「そりゃ無理だよ」

と片山は言った。「いいか、第一に、彼は伊豆島から、雅代さんを守ってけがをしたんだぞ。それなのに雅代さんを殺すはずがないじゃないか」

ホームズは反応なし。

「な？　そう思うだろ？——第二に、足を刺されてけがをしてるのに、隣りへ行って、雅代さんを殺し、扉を開けて、ナイフを外に捨てるなんて、できるはずがないよ」

ホームズは、相変わらず無表情である。

「それに……もうないかな。ともかく脇本は無理だと思うよ」

ホームズ、沈黙。

「いいか、俺だって、あの扉をやっと開けたんだぞ」

片山は少々むきになって、言った。「それなのに、足にけがをしてる脇本に、開けられたと思うのか？」

はたで見たら、片山のことを、気が狂ったかと思ったに違いない。

「待てよ……。逆に考えればいいのか」

片山は、廊下へ出て、防火扉を見た。

正しいかどうかはともかく、逆に考えてみる。つまり、脇本がやったとしたら、どうなるか。

「待てよ……」

片山は、伊豆島が、いったい、なぜあんなふうに、雅代へ襲いかかったのか、不思議だった。

いくら酔っていたとはいえ、あんな真似をするだろうか？

だが、逆に言えば、あの一件のおかげで、伊豆島は、雅代を殺した容疑をかけられずに済んだのだ。

なにしろ、あの後、伊豆島は、警官が来るまで、ガードマンに見張られていた。文句なしのアリバイだ。

ちょっと文句がなさすぎる……。

あれが計画的な行動だったとしたら？　つまり、わざと雅代を襲うふりをして、殺人のほうのアリバイを作る。

逆に、脇本は、伊豆島に刺されたことで、雅代を殺したという疑いはかけられないで済む。

二人は互いに、アリバイを与え合っているのだ！

「――そうか！」

片山は指を鳴らした。いや、鳴らすことができないので、空《むな》しく、スカッという音がしただけだった。

あれは仕組まれていたのだ！

あのとき、脇本はけがなどしていなかったのだろう。ただ足を押えて、呻《うめ》いてみせた。血はいくらでもそれらしく流せる。

足をやられたのだから、当然、すぐ近くの控室へ連れて行かれる。

一人になると、隣りの、雅代の部屋へ入って行く。そして隠し持っていたナイフで刺し、廊下へ出ると、防火扉を開ける。

それから、自分で足を傷つけたのだ。深い傷である必要はない。――当然、ナイフには二人の血が、混じって付着する。

だから、血を拭っておかねばならなかったのだ。

そしてナイフを投げ捨て、扉を閉めて、控室へ戻り、医者の来るのを待つ……。

おそらく、伊豆島と共謀したに違いない。

「――しかし、どうかな」

と、片山はホームズに言った。

「ニャオ」

「脇本にしてみれば、そりゃ振られたら辛いかもしれないが、だからって殺したりするもんかなあ……」

「ニャーオ」

ホームズが、苛立《いらだ》ったような声を出した。

「まだ分かんないの？」

というところであろう。

片山の目が輝いた。

「――やあ、どうも」

松葉杖をついた脇本が、ロビーへやって来た。「披露宴は？」

「もう少しだよ」

と片山は言った。

「そうですか。――でも、彼女は本当に可哀相《かわいそう》だった」

「全くね。君の傷は？」

「大したことないんです。この杖も二、三日でいいそうですよ」

「そりゃよかった」

と片山は言った。「それなら警察へ行く元気はあるね」

「警察へ？」

「そうさ」

「でも、話はさっききましたよ」

「それじゃない。雅代さんを殺した容疑のほうさ」

脇本は戸惑い顔で、

「どういうことです？」

と訊いた。

「つまり、君と伊豆島が共謀して雅代さんを殺したのさ」

「——冗談でしょう？」

と、脇本は言った。「僕はけがをしてまで、彼女を助けたんですよ」

「本当のけがはその後さ。それにね——」

「それに、いくら振られたからって、彼女を殺すなんて——」

「そこなんだよ」

と片山は肯いて、「僕も、なかなか気付かなかったが、君が雅代さんの恋人だったという証拠は、君の話しかない。実際は、君は、雅代さんのことなんか知らなかったんだ。ただ、話を事実に見せるために、かつての恋人と自称してたわけさ」

「何を言ってるんです？」

だが、脇本の顔は青ざめている。

片山が、脇本のやり方を説明してやった。

脇本は、割合に脆《もろ》かった。——片山が追及すると、すぐにしどろもどろになって、白状してしまったのである。


「では、新郎の古くからのご友人でいらっしゃる片山義太郎様に、一言、お願いいたします」

と、司会が言った。

もう披露宴も最後である。片山は、こわばった顔で、マイクを握った。

「ええ……私は、白井君とは古い友人でして……」

だめだ。こんな調子じゃ、そんな話はできない。

片山は咳払《せきばら》いをして、言った。

「私が、白井君に言いたいことは、一つだけです」

白井が片山を見る。片山は続けた。

「すべて、解決した。——それだけです」

片山は座った。

みんな、わけが分からずにポカンとしている。白井が立ち上がって、拍手し始めた。ほかの客たちが、ためらいながら加わる。

白井一人、熱心に拍手をしている……。

拍手がおさまると、白井は、

「みなさんに申し上げることがあります」

と言った。「実は——妻の雅代は、式の終わるのを待たずに、死んだのです」

誰もが啞然《あぜん》としている。

白井は、穏やかに、事情を語り始めた。


「——辞表を？」

と、小坂浩子は言った。

「うん。仕方ないよ。当然のことだ」

と沢口は言った。「——君にはすまないね。僕がいなくなると、忙しくなる」

「そんなこと……」

と浩子は顔を伏せる。

「さあ、それじゃ、今日の仕事だ！」

沢口が大股に歩いて行くのを、浩子は見送っていた。

彼がいなくなったら、どうすればいいのだろう？　ここにいても仕方ない。

ぼんやりとロビーを歩いていると、三毛猫が一匹、座っていた。

「まあ、あなた、この間の――」

浩子は、かがみ込んで三毛猫の額を撫《な》でた。「――私どうしたらいいのかしら？　ねえ、猫ちゃん、どう思う？」

何気なく見た猫の目が、思いがけない、優しさを湛《たた》えて、浩子を見ていた。

浩子は、じっと、その三毛猫の目を見つめていた。

「――何してるんだ？」

沢口が戻って来る。「なんだこの前の猫じゃないか」

浩子は立ち上がると、言った。

「沢口さん」

「なんだい？」

「私、お願いがあります」

「言ってごらん」

「あなたが好きなんです。結婚したいんです」

沢口は、ポカンとして、浩子を見ていた。

「君が？　――しかし――」

と言いかけて、「ねえ、ゆっくり話をしようじゃないか」

と、浩子の肩を軽く抱いた。

三毛猫は、その二人の後ろ姿を見送ってから、ロビーを、いとも優雅に、歩いて行った。

三毛猫ホームズの子守歌

1

「僕はエリートなんです」

と、その男は、重苦しい表情で言った。「でも、それが悪いことなんですか？　何もかも、僕のせいだ、って言うんですか？」

片山義太郎《かたやまよしたろう》は、しみじみ思ったものだ。

俺はエリートでなくて良かった！


団地は、五月晴《さつきば》れだった。

もちろん、この団地だけが晴れていたわけではない。東京地方、全般にわたって、いい天気であった。

しかし、ともかく、この団地も晴天に恵まれていたには、違いないのである。

高層の建物がズラリと並んでいる。そのベランダに、色とりどりの布団《ふとん》や毛布、タオルにベッドカバーなどが、一斉《いっせい》に出される様は、まさに壮観であった。

十時ごろになると、どの家からも、電気掃除機と、洗濯機の音が聞こえて来る。たぶん、この日の午前中、電力の消費量は、相当なものになっただろう。

いつもなら、夫と子供を送り出して、しばらく布団でまどろみ、起き出してから、TVを見てお昼ごろまでを過ごす、あまり活動的でない妻たちも、この日ばかりは、いつになく早く起きて、家の中の片付けなどを始めている。

やはり、気候というものが人間の心理に与える影響は、小さくないのである。

午前十時、まだ、外へ出ている主婦や子供たちの姿はなく、団地の中は、閑散としていた。もう一時間もすると、早々に家の用事を終わらせた、主婦たち第一陣が、団地の中の遊び場に、子供を連れて姿を見せることになるだろう。

「――どうしてこんなにいい天気なんだ、畜生《ちくしょう》！」

北田卓郎《きただたくろう》は、八つ当たり気味に呟《つぶや》いた。

北田の運転している車は、今、団地の中へと入って来たところである。

いつもなら、主婦たちのうちの何人かが、ベランダから、北田の赤い車が入って来るのを見下ろしていて、

「あら、北田さんのご主人、また朝帰りだわ」

と、独り言を言うところだが、今日は、やはり家事が多忙なせいか、ベランダに出ている人影はない。

北田は、駐車場に車を入れ、表に出た。——青空がまぶしい。

少し曇っててくれればいいのに。

北田を、偏屈な人種の一人と思うと間違いである。北田卓郎は、大手の製薬会社に勤めるエリートだ。

営業活動の激しさは、北田の帰宅を、いつも午前——それも午前二時、三時という、生やさしい時刻でなく、午前九時、十時という、ほとんど昼に近い時刻にまで追い込んでいた。

もちろん、出社は九時ではない。それでは睡眠時間がなくなってしまう。

しかし、一日平均、五時間の睡眠で頑張れるようでなくては、エリートたる資格はないのだ。そして、北田は、頑張っていた。

「エリート」なる言葉が、憧《あこが》れをもって語られていた時代は、すでに過ぎてしまった。

エリートと呼ばれて、クタクタになるまで働かされるよりは、適当に休みを取れ、時には女房子供ともども、小旅行ぐらいできる余裕を持ちたい、というのが、若い世代の思想なのだ。

北田は鞄《かばん》をかかえて、大欠伸《あくび》をしながら、自分が住んでいる棟へと歩いて行った。

北田卓郎は三十八歳。

そろそろ、疲労が次の日、その次の日と、残り始める年齢である。

もっとも、回復するほど休むことがないのだから、もう何年分もの疲労が、くり越しになっているに違いない。

このままじゃいかんなあ。

最近は、北田も、そんなふうに考えることがある。

妻の由紀子《ゆきこ》とも、のんびり話す機会がない。

棟の中へ入って、エレベーターのボタンを押す。——また欠伸が出た。

ともかく、徹夜で車を飛ばして来たのだ。大阪への出張から帰ったところだった。

新幹線ででも眠って来ればいいのだが、ともかく持ち歩く荷物が多すぎて、車でなくては、どうにもならない。

家へ帰ったのは、一週間ぶりである。

明日は休みたい。——ふと、北田は、そう思って、自分でびっくりしていた。

今まで、そんなことを考えたことがなかったのだ。

そうだな。——休もうと思っていても、会社へ行って、山積みの仕事を見ると、とても休めなくなってしまう。そのくり返しである……。

由紀子とは、五年前に結婚した。十歳も年下で、いたっておとなしい女である。

美人とはいえないが、気立てがいい、というのか、文句も言わず、休日、日曜の出勤のときも、早起きして朝食を用意してくれる。

恋愛結婚では、もちろんなかった。

北田には、恋をする暇《ひま》などなかったのである。

親類の紹介で、会社の昼休みに（！）見合いをし、二、三度食事をしただけで、結婚してしまった。

新婚旅行もなし、という、当節珍しいカップルであった。ともかく、式を挙げた日も、本当は夕方から出張するつもりだったのだが、さすがに、仲人にたしなめられ、その夜は、都内のホテルに一泊したのだった。

そして翌日はホテルから、出勤した。

由紀子は別に文句一つ、言わなかった。

こんな調子の二人だから、なかなか子供ができなかったのも、当然だったろう。やっと、男の子が生まれたのは、つい一カ月ほど前のことである。

北田は、まだ我が子の顔を、まじまじと眺《なが》めたことがなかった。――この一カ月、特に多忙を極めたからだ。

こんなことじゃいかんなあ……。

エレベーターに乗って、六階のボタンを押すと、北田は、大きく息をついて、目を閉《と》じた。

ガタン、と一揺《ゆ》れして、エレベーターの扉が開く。

長い廊下を歩いて行って、部屋は六一五号室。

ズラリと並んだドア、廊下に置いてある、乳母車《うばぐるま》、三輪車……。

子供の泣き声や、笑い声が、廊下に響いている。どこの部屋だろう？

猫の鳴き声が耳に入って、北田は、おや、と思った。

こういう団地では、犬や猫を飼うのは禁じられているのだ。誰かが、こっそり飼っているのかな。

北田は、あまりそんなことにこだわる性質ではなかった。

六一五号室。——やれやれ、やっと着いたか！

チャイムを鳴らすと、

「はい」

と、インタホンから、由紀子の声が聞こえた。

「帰ったよ」

すぐにドアが開いた。

「お帰りなさい」

由紀子は、あまり抑揚《よくよう》のない言い方をした。大体、あまり感情を露《あら》わに出すタイプではない。

「——疲れた！」

これが口癖《くちぐせ》になっている。

「お寝《やす》みになる？」

と、由紀子が、夫の上衣《うわぎ》をハンガーにかけながら訊《き》く。

「うん。食事は済ませて来た。——風呂へ入りたいな」

「じゃ、すぐお湯を入れます」

由紀子が浴室へと姿を消す。

北田はネクタイを外し、ワイシャツのボタンを外して、息をついた。

何となく、居心地が悪い。——どうしてだろう？

北田にはよく分からなかった。

いくら帰りが遅くて、家を空《あ》けることが多いといっても、帰れば我が家、ホッとするのは当然である。

しかし——何だか妙なのだ。

どこかおかしい。まるで他人の家へでも上がり込んでいるような、そんな場違いな感じを受ける。

なぜだろう？

北田は肩をすくめた。疲れてるせいだな。それに、一週間も留守《るす》にしていたんだし。

「すぐ入りますから」

と、由紀子が戻って来る。

「お茶をくれ。——一郎《いちろう》はどうだ？」

一郎というのは、赤ん坊の名前である。姓名判断だの何だのに費やす時間と手間が惜しいので、簡単に決めてしまった。

「長男だから一郎でいいだろう」

と、北田が言って、由紀子も、

「そうですね」

と、反対もしなかったのだ。

「眠ってます」

と、由紀子は、お茶の仕度《したく》をしながら、言った。

「そうか。――病気しないのか」

由紀子は、ちょっと笑って、

「半年ぐらいは、丈夫なんですよ、赤ん坊って」

「そんなもんか。あんまり泣かない子なんだな」

「そうですね」

「静かでいい。夜泣きでもされちゃ、かなわん」

北田は欠伸をした。「風呂の中で居眠りしそうだな」

「あなたはいつも帰っていないから、夜泣きしても、関係ないじゃありませんか」

北田は、ちょっと戸惑《とまど》った。由紀子の言い方に、なじるような響きを聞き取ったのである。

こんな言い方をするのを、初めて聞いた。

「まあ、それもそうだな」

北田は曖昧《あいまい》に言った。

「今日は出社されるんですか」

「分からないな。夕方、電話を入れてみる」

たぶん、出社することになるだろう。いつもそうなのだから。

由紀子が、心もちやつれたように思えた。——といっても、いつも妻の顔色を、よく見ているわけではないのだが。

「おい、どうかしたのか」

「え？」

「何だか、くたびれてるみたいだ」

「そうですか。——別に何ともありませんけど」

「そうか、それならいいが……」

北田は、お茶を飲んだ。

「お風呂、見て来ます」

由紀子が立って行く。

北田は、何だか苛々《いらいら》した。ただ、疲れているというのとは、どこか違う苛立ちである。

何だか——どこかがずれている、という感じなのだ。

たとえていえば、ジグソーパズルで、最後の一つの断片が、どうしても空いた場所へはまらない、とでもいうのか……。

北田は頭を振った。——気のせいだろう。

そうだ。たまには一郎の顔でも見てみるか。

北田は奥の部屋へと入って行った。カーテンを引いてあって、薄暗い。

ベビーベッドのそばへ、北田はそっと寄って行った。

そして、中を覗《のぞ》き込んだ……。


「まだ結婚しないの?」

と、訊かれて、片山晴美《はるみ》は、チラリと石津《いしづ》のほうを見た。

「なかなか、思いどおりにはいかないのよ」

と、晴美はため息をついて見せて、「なにしろ兄がうるさいでしょう」

「あら、だったら、駈け落ちでも何でもしちゃえば?」

無責任にすすめているのは、晴美と学生時代からの友人だった、中里泰子《なかざとやすこ》である。

もちろん、中里は今の姓。結婚して、この団地に住んでいるのだ。

まだ新婚半年で、子供もいないので、

「退屈してんの。遊びに来て」

と、晴美を呼んだのである。

晴美は、「自称恋人」の石津に車を運転させ、やって来た。二人で——というより、二人と一匹である。

三毛猫ホームズ——おなじみのこの猫、部屋の隅《すみ》で、ミルクの入った皿をペロペロとなめている。

「ご主人、いつも遅いの？」

と、晴美が紅茶を飲みながら訊く。

「そうね。大体、九時か十時」

「へえ。大変ね」

「でも楽でいいわ。夕食も外で済ませて来てくれるでしょ。こっちは一人で軽く食べちゃえばいいんだから」

「みんな、そんなふうなのかしら？」

「そうねえ」

と、中里泰子は肯《うなず》いて、「大体、隣りの家のご主人なんて、顔も知らないものね。ほとんどの人、知らないんじゃない？　奥さん同士は分かってても」

「みんな忙しいのね」

と、晴美は感心した。

「でも、お宅のお兄さんだって、刑事さんでしょ？　やっぱり忙しいんじゃないの？」

「あれは、刑事の〈窓際族〉だから、大したことないのよ」

「へえ！　刑事でもあるの、そんなの？」

「もちろんよ。いつクビになるか分からないんだから。それでお嫁さんも来ないのよ」

きっと片山義太郎は、この頃、捜査一課でクシャミをしていただろう。

「せっかくいいお天気なのに、お洗濯とかしなくていいの？」

と晴美が気にして言った。

「構やしないわ。洗濯ったって、子供がいないと、そう量もないし。——あら、誰かしら」

玄関のチャイムが鳴ったのである。

「お客様？」

「そんなんじゃないわよ。きっとセールスマンだわ。追い返してやらなきゃ」

「それなら、この石津さんに任せたほうがいいわよ。そういう仕事は得意だから」

「任せてください！」

あまり、他に自慢することのない石津刑事、ここぞとばかり指を鳴らした。「早速《さっそく》叩《たた》き出して——」

「待ってよ。ちゃんと相手を確かめてからでないと」

晴美があわてて止めた。

泰子がインタホンへ、

「どなたですか？」

と、呼びかけた。

「あの――北田といいます」

冴《さ》えない男の声だ。泰子は、ちょっと首をかしげたが、

「あ、お隣りの人だわ」

ペロッと舌を出し、玄関へ。「珍しいわ、ご主人がみえるなんて」

「叩き出さなくていいんですか？」

石津がつまらなそうに言った。

ホームズが、ふと顔を上げると、ノコノコ玄関のほうへ出て行く。

「どうしたの？」

晴美が声をかけた。――ホームズは構わず玄関に出て行った。

妙だわ、と晴美が眉《まゆ》を寄せた。あのホームズの様子は、何かありそうだ……。

「ともかく、どうぞ」

泰子が、戸惑った様子で、中年男を一人、案内して来た。

会社から帰ったところなのか、ワイシャツ姿である。大分くたびれた印象を与える男だっ

た。

一つ、妙なことは、手に、およそ似つかわしくないもの――大きなキューピーさんを持っていたことである。

「一体どうなさったんですの？」

と、泰子が当惑顔で言った。「あの――そのお人形は……」

「うちの子が――」

と、その中年男は言った。

「え？」

「この人形に化けちまったんです」

2

「ノイローゼだろ、そりゃ」

と、片山は言った。

「ノイローゼで、赤ん坊がキューピーさんになる？」

晴美が兄をキッとにらんで、「もう少し、真面目《まじめ》にものを考えなさいよ！」

と説教する。

「おい、よせよ」

片山は渋い顔で、「こっちは疲れてるんだぞ」

「疲れてるときは、事件の可能性を無視してもいいって言うの？」

「ニャオ」

「そうだ、ってホームズも言ってるわ」

「勝手に翻訳するな」

片山は、ため息をついた。「しかし、どうしろって言うんだ？」

「問題は、奥さんの言うことと、ご主人の言うことが、まるで食い違ってる、ってことなのよ」

「ふーん」

片山は欠伸をしながら、「ともかく、腹が減ってるんだ。晩飯にしてくれないか」

「話が済んでから」

片山は、目が回りそうだった。

晴美も、さすがに気がとがめたのか、片山へお茶をいれてやって、

「話の間、これで保《も》たして」

「ひどいなあ。——ま、ともかく、赤ん坊がいなくなった、ってわけだな？」

「ご主人の話によると、そうなのよ」

片山は目をパチクリさせて、

「奥さんの話だと、いなくなってない、ってのか？　そんなの、部屋へ入って見てみればすぐ分かるじゃないか」

「そう単純な問題じゃないの。ねえ、ホームズ」

「ニャーオ」

「北田さんの話を聞いて、泰子も私もびっくりしたわよ。てっきり、奥さんが育児ノイローゼか何かで、赤ちゃんを殺しちゃったんじゃないかと思ったわ」

「よくある話だからな」

「気楽に言わないでよ、深刻な問題じゃないの！」

どうして、俺はいつもこう怒られてばかりいるんだ？　片山は内心ブツクサ言ったが、もちろん口には出さない。出せば、また何か言われるからだ。

「で、早速、泰子と私と、二人でお隣りへ行ってみたの」

「その奥さんとは親しいのか？」

「泰子が？　いいえ、そうでもないみたい。大体、北田さんも、わりあい最近、越して来たばかりだし、泰子も同様でしょ。それに、由紀子さん――隣りの奥さんね、ともかくあんまり人付き合いのない人なんですって」

「無口でおとなしくて、か」

「そう。めったに行き来もないらしいし、集会なんかにも出ないらしいのね」

「それは、今の若い夫婦なら同じだろう」

「でも由紀子さんはそう若くもないのよ。二十八だもの。――お兄さんよりは若いけどね」

「いちいち言われなくても、分かってる」

片山は渋い顔で言った。「その奥さんは何と言ったんだ？」

「それがね――」


「私が赤ちゃんを？」

北田由紀子は、晴美たちの話に、目を丸くした。

「主人がそんなことを言ったんですか？」

「ええ……まあ、そんなようなことを」

と、泰子は晴美を見て、「ねえ？」

「そうなんです。それでびっくりして――」

「何てことかしら」

由紀子は、眉を寄せて、ふと顔をそらした。「出張から帰って、何だか様子がおかしいと思ってたんです。そしたら、私がお風呂のお湯を見に行っている間に、ふいといなくなって……。タバコでも買いに行ったのかしら、と思ってたんですけど。まさか、そんな話と、言葉を切る。

晴美と泰子は、顔を見合わせた。

どうも、様子がおかしい。いや、おかしいのは当然として、予想とは大分違うように、おかしいのである。


「あの——事実はどうなんですか?」

と、晴美が訊いた。

「うち、赤ん坊なんかいません」

「何ですって?」

「うちは夫婦二人だけです。子供はいないんですよ」

由紀子の思いがけない言葉に晴美もさすがに、話が続かなかった。

「主人は、子供を欲しがってました」

と、由紀子は続けた。「でも、なかなか恵まれなくて……」

「じゃ、ご主人の話は」

「あの人、疲れてるんです。このところ、ほとんど休みなしに働いていますし、無理をしてるんです。年齢のことも少し考えてくれるといいんですけど」

「つまり——ご主人が何か思い違いをしておられる、ということですか?」

「ノイローゼじゃないんでしょうか。子供が欲しいという気持ちが昂じて、実際に生まれたんだと思い込んだとか……」

逆に夫の北田のほうがノイローゼ、ということになってしまうのだ。

「でも、ベビーベッドの中に、キューピーさんが置いてあった、とおっしゃってますよ」

「ベビーベッドですか」

由紀子は、立ち上がって、奥の部屋への襖《ふすま》を開けた。「どうぞ、ご覧になって。そんなもの、どこにもありませんわ」

なるほど、ごく普通の六畳間に、ベビーベッドらしきものは見当たらない。

「キューピーは、きっと、そのタンスの上にあったものですわ」

と、由紀子が言った。

晴美は泰子の顔を見た。――もちろん、意味は一つだ。いくら、付き合いが少ないといったって、隣りの家に赤ん坊がいるのかいないのかぐらい、知ってるだろう、というわけである。

泰子は、ちょっと自信なげに言った。

「あの――でも、私、赤ん坊の泣き声、聞いたことがありますけど」

「友だちが子供を連れて遊びに来ることがあるんです。きっとその子じゃないかしら」

「はあ……」

わ」

と、由紀子は言った。「私は子供を殺したりしていません。主人とよく話し合ってみます

「それがいいですね」

晴美たちは早々に、北田の部屋を出ることにした。

廊下に出ると、晴美は低い声で、

「泰子ったら、もっとしっかりしてよ！　赤ん坊がいたかいなかったかも分からないの？」

「そんなこと言ったって……」

と、泰子は顔をしかめて、「私、子持ちじゃないんだもの。そう話す機会だってないし……」

「それにしたって、さ」

晴美は腕を組んだ。「困ったわね。ご主人のほうへ、何て話す？」

「晴美、考えてよ。名探偵なんでしょ？」

「人を持ち上げたってだめ！　でも、ともかくお二人で話し合ってください、と言ってあげるしかないわね」

泰子の部屋に戻ると、北田が、しょんぼりした様子で座っている。

石津が元気づけようとしているのだが、

「ねえ、昨日の野球、見ました？　──いや、ボクシングもいいですね。──女子プロレ

ス は？」

などと話しかけても、答えてくれるはずもない。

晴美たちが入って行くと、北田は、ギクリとした様子で座り直した。

「どうも、すみません、お世話をかけて」

と礼を言う。

すぐに、どうでしたか、と訊かないのは、返事を聞くのが恐ろしいからだろう。

「ええ……あの……」

と、泰子が口ごもっていると、

「奥様と、よく話し合われたほうがいいと思いますわ」

と、晴美が言った。

「分かりました」

北田は、ちょっと表情をこわばらせて、立ち上がった。

晴美が、

「大丈夫ですよ、何でもありませんでした」

と言わないので、これは最悪の事態に違いない、と覚悟したのだろう。

「いろいろ、お手数をかけました」

と、北田は頭を下げて、出て行った。

「どうでした？」

と、石津が言った。

晴美は答えなかった。石津に理解できるよう説明するのは、至難の業《わざ》だと思ったからだ。

「――どうなってんのかしら？」

と、泰子が首を振った。「おかしいのは、ご主人？　奥さん？　どっちなの？」

「分かんないわよ、そんなこと」

晴美は、少々ふてくされ気味に言った。――名探偵（自称、であるが）としては、分からないということを認めるのは辛《つら》い。

「でも、子供がいたのかいないのか、それは客観的な事実があるはずよ」

と、晴美は言った。「もちろん、私たちが、そこまで口を出す問題かどうかは、別だけど」

珍しく、弱気の意見を、晴美は付け加えた。


「――で、その後、何かあったのか？」

と、片山は言った。

「何も」

「じゃ、どうってことないじゃないか！　早く飯にしてくれ！」

片山の声は、ほとんど悲鳴に近かった。

「――でも、気になるのよね」

晴美は、仕方なく（?）兄に食事をさせながら、言った。

「その夫婦で解決してもらえばいいのさ」

「でも、もし本当に赤ちゃんがいて、姿を消したんだとすれば――」

「おい、事件に首を突っこむのはともかく、事件をこしらえるのはやめてくれ！」

運命の女神というのは、やはり女神というくらいだから、女なのだろう。だから――というわけでもあるまいが、片山が食事を終えるまでは、電話が鳴るのを待たせておいたのかもしれない。

そう思えるほど、片山が食事を終えたとたん、ジリリ、と電話が鳴り出していたのである。

「はい、片山です。――もしもし？」

晴美が出て、顔をしかめた。「――何も言わないわ。いたずらかしら？――もしもし！」

「あ、晴美？　泰子よ！」

と、あわてふためいた声が飛び出して来る。

「あら、どうしたの？」

「大変なの！　すぐに来て」

「どうしたの？」

「北田さんが――ともかく大変なのよ、すぐに来て！」

何だか分からないが、ともかく「大変」であるには違いないようだ。晴美が出動するには、その一言で充分である。早速、片山の尻《しり》をけとばして、出発することになった。

もちろんホームズも一緒である。

石津には声をかけなかったが、もしこの場にいれば、当然同行することになっていたであろう。

そして——夜ももう十一時近かったせいもあり、中里泰子の団地まで、思いのほか、早く駆けつけることができた。

エレベーターを降りると、廊下を中里泰子がうろうろしている。

「泰子!」

「あ、晴美! 良かった!」

泰子が駆け寄って来る。

「どうしたの、一体? ——あ、これは兄なの」

「あ、どうも。昼間来た人と違うな、と思ったのよ」

当たり前だ、と片山は思った。石津と一緒にされてはかなわない。

「北田さんがどうかしたの?」

「ともかく、入って」

と、泰子は、自分の部屋のドアを開けた。

北田が、茶の間に座っている。——背を少し丸めて、何だか、ひどく老け込んだ感じだ。

「主人はまだなの」

と、泰子は言った。「さっき、チャイムが鳴ったので、出てみると、北田さんがぼんやりと立っていて……何を訊いても、分からない様子なのよ」

「何かショックを受けたのかな」

と、片山は言って、北田のほうへ歩いて行ったが、そこでギョッとして、立ちすくんだ。

北田は、どこか虚《うつ》ろな目で、宙を見ている。そして、ダラリと投げ出した両手が黒く汚れていた。

どうやら、それは血のように見えた。

「——ね、その手についてるの、血でしょう？」

と、泰子がこわごわ言った。

「そうらしいですね」

片山は、気を取り直した。血に弱い体質ではあるが、この程度なら、何とか大丈夫である。

「お隣りは？」

と、晴美が言った。

「私、怖くて……。とても見に行けないわ」

泰子は、両手をギュッと握りしめている。

「分かったわ。あなた、ここにいて。お兄さん、行ってみましょうよ」

「俺もここにいようか?」

「何言ってんの」

片山は諦《あきら》めて、晴美の後について、廊下に出た。ホームズも、もちろん、ノコノコついて来る。

「そっちじゃないわよ! 逆よ。——このドア。開いてるわ」

中は、薄暗かった。

「明かりをつけろよ」

片山が首をのばして、中を覗き込みながら言った。

「自分でつけなさいよ」

スイッチを押すと、明かりがつく。

「——誰かいますか」

と、片山は声をかけた。

「由紀子さん。——昼間、お邪魔した者ですけど……」

晴美は中へ入って、足を止めた。「——お兄さん」

「ん?」

——女が倒れていた。

仰向けに、血に染まっている。片山は、青くなって、あわてて目を閉じた。

「由紀子さんだわ」

晴美は、そっとかがみ込んだ。「——もう死んでるわ。刺されたのね」

傍《かたわら》に、包丁が落ちている。

「——電話だ！　一一〇番しないと」

「そうね。——やっぱり、もっと早く手を打つべきだったわ」

「今さら言っても仕方ないよ。ともかく、通報しなきゃ。それに、あの亭主のほうに、監視をつける必要がある」

「お兄さんが見ていりゃいいでしょ。私、一一〇番する」

「分かった。そうしよう」

片山がホッとしたように言った。ともかく、流血の現場から出て行ければ、それでいいのだ。

ホームズが、廊下のほうへ振り向き、

「ニャーオ」

と、鳴いた。

廊下をドタドタと走る足音、そして、

「誰か来て！」

という叫び声。

「泰子だわ！」

晴美が廊下へ飛び出す。

泰子が、廊下に四つん這《ば》いになっていた。

「どうしたの？」

「晴美！　北田さんが急に、飛び出して行っちゃったの。止めようとしたんだけど、振り切られて——」

「あっちへ？」

「ええ、廊下を走って」

片山は、廊下を駆け出した。

しかし、大方の団地では、こういう廊下というのは、いたって狭いのである。そして、やたら、三輪車だの、乳母車だのが放りだしてあり、かつドアは外へ開く。

片山とて、それを知らぬわけではなかったのだが、ちょうど、三輪車をよけて、ドアのほうへ寄ったところへ、目の前のドアがサッと開くという不運な事態になったのである。

アッと思って、足を止めるには、遅すぎた。片山はいやというほどの勢いで、スチールのドアに衝突した。

目から火が出て星が散り、片山は廊下にみごと、引っくり返ってしまったのである。

3

「全《まつた》くもう、みっともない！」

片山のおでこに、キズテープを貼りながら、晴美は文句を言った。

「おい！　痛いよ、そっとやってくれ！」

片山が悲鳴を上げる。

晴美は、わざと、貼ったテープを、

「これでよし！」

と、ピシャリと叩いた。

「いてて！」

片山が飛び上がる。ホームズが、笑い声を立てるように、

「ニャン」

と言った。

「すみません」

泰子が恐縮している。「――私が余計なこと言ったんで……」

「いいのよ。死にゃしないから」

「人のことだと思って！」

片山はふてくされていたが、もう隣りの北田の部屋には、捜査員がやって来ている。

「北田の手配をしなきゃいけないな」

片山は廊下へ出ながら言った。「団地の外へ出てるかもしれない」

「もう手配済みです」

ヒヨイと、北田の部屋のドアから顔を出したのは、石津だった。

「お前も来てたのか」

「ええ。やっぱり何か起こりましたね。予感がしてたんです」

石津の予感が、食べ物以外に関して当たるのは珍しい。

「——南田《みなみだ》さんは？」

片山は、北田の部屋へ上がり込んだ。

「お呼びかね」

検死官の南田が、振り向いた。

「何だ、早いですね」

「お前さんがのびてる間に来たんだ」

と、相変わらず口は悪い。

「即死ですか」

「ほぼ即死だな。嫉妬《しっと》に狂った夫の凶行ってやつか?」

「さあ、それは……」

「嫉妬は人を狂わせるもんだ」

と、南田は考え深げに言った。

「詳しいんですの?」

と、晴美が訊いた。

「もちろんだ。嫉妬学の学位を持ってるくらいだ」

「まさか」

「ともかく、赤ん坊のこともあるし、きっと裏にはいろいろ、事情があるんだ」

と、片山がおでこをさすりながら、言った。

「赤ん坊? そりゃ何だ?」

と、南田が言った。

「ええ、実は——」

と、晴美が言いかけたとき、

「ギャア」

という声がした。

「ホームズったら、変な声出さないでよ」

と、晴美が振り向く。

「ニャーオ」

「ギャア」

——全然、別の所から、聞こえてくる。

そして、それは猫の声ではない。人間の——赤ん坊の声らしい。

「お兄さん、あれ——」

「うん、どうも、赤ん坊の声らしいな」

「でも、どこから?」

晴美の言葉に答えるように、

「ギャーッ」

と、盛大な泣き声が聞こえて来た。

「押入れだ」

と、片山が言った。

晴美が駆け寄って、ガラリと開ける。

「まあ!」

押入れの、布団の上に、チョコンと、赤ん坊が乗っかって、顔をクシャクシャにしながら泣いているのだった。

——その後が大変だった。

晴美が抱いたぐらいでは、泣きやみはしない。泰子だって、子持ちじゃないから、怖がって抱かないのだ。

「おい、石津」

と、片山が言った。「近所を回ってミルクをもらって来い。赤ん坊に飲ませるんだ」

「はい！」

石津が飛び出して行く。

「ああ、よしよし。——困ったわねえ」

晴美が、赤ん坊をかかえて、オロオロしている。

殺人現場が、一変して保育所になったようだった。

やっと石津が近所の奥さんを一人連れて来て、ミルクをやってもらうと、赤ん坊は泣きやんだ。

「やれやれ」

片山は息をついた。「どうなってるんだ、一体？」

「知らないわよ。でも、やっぱり赤ん坊はいたのね」

「どうして、嘘《うそ》ついたりしたのかしら？」

と、泰子が首をかしげる。

「あら、ホームズ、どうしたの？」

晴美は、ホームズが、押入れの下のほうへ首を突っ込んでいるのを見て、言った。

「何かあるらしいぞ」

片山が、毛布の山をどけてみると、何やら、バラバラになった家具らしきもの。

「ベビーベッドだわ、きっと！」

と、晴美が声を上げた。

「そうらしいや。——すると、やはり、夫の話のほうが正しかったことになるな」

「組み立ててみましょ」

晴美は、片山と二人で、ああでもない、こうでもない、とやり始めた。

「何をしとるんだ？」

南田が目を丸くして言った。

「ベビーベッドを組み立ててるんです」

「何だ。それなら貸してみろ」

と、南田が片山を押しのける。「ほら、その棒がここだ。——だめだめ、こっちの板が先なんだ。——そうそう。おい、ねじをしめろよ」

石津が、台所からねじ回しを持って来て、力任せにしめつける。

「あんまりしめると壊れちまうぞ」

と南田が言った。「――よし、こんなもんかな」

立派なベビーベッドの出来上がりである。

「驚いたな」

と、片山が南田を見て、「いつそんなこと憶《おぼ》えたんです？」

「家庭の平和を保《たも》つには、こういうことに通じている必要があるのさ」

南田は澄《す》まして言った。

「でも、こうなると、由紀子さんが、なぜこの赤ん坊を隠してたのか、疑問になって来るわね」

と晴美が考え込む。

「全くだ。しかも、わざわざベビーベッドを分解して、押入れに隠すなんて、ずいぶん手が込んでるじゃないか」

「分からないわね。どういうことなのか……」

ホームズは、その間に、死体のほうへと近寄って、ゆっくりと周囲を巡《めぐ》っていた。

「おい、猫君」

と、南田が声をかける。「あんまり手がかかりを見付けないでくれよ。俺が失業する」

ホームズが、被害者の肩のあたりで足を止めると、ニャン、と鳴いた。

「何かあったの？」

晴美がやって来て、かがみ込む。

ホームズが、前肢《まえあし》を上げて、被害者の肩をチョン、と叩いた。

「肩がどうかしたの？」

晴美が眉を寄せて、「――何のことを言ってるのかしら？」

「ニャーオ」

「あ、そうか！」

ホームズが、苛立《いらだ》っている様子で、声を上げる。

晴美が目を輝かせる。

「どうした？」

「お兄さん、見てよ。――ほら、このブラウスの肩のところ」

片山は、できるだけ血の広がった辺りには目をやらないようにして、

「そこがどうしたんだ？」

「縫い目よ！　糸がほら――こんなに粗《あら》く縫ってあるわ」

「なるほど。安物なんだな、きっと」

「何を言ってんの。いくら何でも、こんなひどい縫い方なんてしないわよ」

「じゃあ――」

「ほころびたのを、あわててつくろったんだわ。それも、かなり無器用な人がね」

「どういうことだ？」

と片山は言って、ゆっくりと肯いた。「つまり、犯人は彼女と争ったんだな」

「そしてブラウスがほころびたのよ」

「わざわざつくろって行くなんて、呑気な奴だな」

「そこだわ」

「え？」

「北田さんよ！　あの人の様子、憶えてるでしょ？　殺してから、ほころびを縫うような余裕があったと思う？」

片山は考え込んだ。

「それはそうだな。しかし、それじゃ、彼は犯人じゃないことになるのか？」

「可能性はあるわね。でも、ともかく、早く見付けないと」

玄関のほうで、

「失礼します」

と男の声がした。

「まあ、主人だわ」

と、泰子が急いで出て行った。

「おい、何があったんだ？」

「大変だったのよ！　──あ、こちら、片山さんよ」

晴美と片山が出てみると、いかにも若々しい感じの、背広姿の青年が立っている。

「中里です」

と、頭を下げ、「北田さんの奥さんが殺されたんですって？　下で聞いたんですが」

「そうなんです。泰子──いえ、奥さんに、すっかり迷惑をかけてしまって」

と、晴美が言った。「泰子、もう帰ってて。後はこちらの仕事だから」

「うん。じゃ、何かあったら、連絡して」

「分かったわ」

中里と泰子が帰って行くと、晴美は片山を見て、

「どう？」

「何が？」

「新婚家庭に憧れるでしょ」

「放っといてくれ！」

片山は憤然《ふんぜん》として言った。


次の朝、片山は、晴美に叩き起こされた。といって、何か特別のことがあったわけではな

い。これがいつもの調子なのである。

「もう少し寝かせてくれよ」

片山が目をショボつかせながら大欠伸をする。

「また寝りゃいいでしょ。ともかく一緒に朝食を食べてくれないと片付かないの」

「新婚家庭も、こんなもんなのかな」

「当たり前よ。みんな忙しいんですからね」

晴美は、もう出勤の仕度をしている。

「まだ北田は見付かってないんだな」

「そうらしいわね。でも、別に犯人がいるって可能性もあるわよ」

「分かってる。しかし、そう発表すると、また課長がうるさいからな」

片山は朝食のハムエッグを食べ始めた。

「あら、ホームズも起きたの」

ホームズがのこのこと出て来て、ウーンと前肢を一杯に伸ばして尻尾をブルブルと震《ふる》わせる。

それから、やおら洗顔。――儀式、という感じで、見ているとおかしい。

「ホームズもハムを食べる?」

晴美が片山の皿から、ハムを一枚ヒョイと取った。

「おい——」

「いいじゃないの。まだ二枚あるんだから」

片山は諦めて、食事を続けた。差別待遇は、慣れっこである。

「あの赤ん坊、元気かしら」

「大丈夫だろう。近所の奥さんたちで、二、三日はみてくれるさ。かえって小さいから楽だと言ってた」

「でも、これで北田さんが逮捕されたりしたら……」

「新聞を見れば、親類からでも連絡が来るだろう」

やっと少し目が覚めて、片山がコーヒーを飲んでいると、電話が鳴った。

「あら、こんな時間に誰かしら？」

「石津の奴だろう。朝食を食わせてくれって、いうんだ」

「まさか」

晴美が電話を取る。「はい、片山です」

「晴美？　すぐ来て！」

「泰子？　どうしたっていうの？」

「お願い！　すぐに来てよ」

泰子の声は、一オクターブ、高くなっていた。「お隣りの奥さんが——」

「え？　由紀子さんのこと？　殺された――」

「その人が帰って来たのよ！」

晴美もさすがに啞然《あぜん》とした。

当然、この日、晴美は欠勤したのである。

4

「じゃ、殺されたのは、あなたのお姉さん？」

と、晴美が訊き返した。

「はい」

北田由紀子――幽霊ではなかった――は、気落ちした様子で肯いた。「姉の則子《のりこ》です」

傍には、あの赤ん坊が眠っている。名は一郎というのだった。

「それにしても、そっくりね！」

と、泰子が、まだ夢でも見ているような表情で言った。

「一卵性双生児なんです、私たち。主人と一緒になったころ、姉は外国に留学していて、いなかったので、お互い、会ったことがなかったんです」

「そうだったの」

と、晴美は肯いた。

「しかし、どうしてこんなことに?」

と、片山が言った。

ホームズは片山の傍に——片山がホームズの傍に、と言うべきか——控えている。

「はい。実は私……子育てで、このところ、ひどい寝不足でした。ノイローゼになりかけていて。——四日前、姉が、帰国して久しぶりに訪ねて来たんです」

「赤ちゃんの顔を見に、というわけね」

「ええ」

と、由紀子は肯いた。「で、あんまり私が辛そうだというので、姉が心配して、あれこれ訊いて来たんです。私——普段、あまりグチをこぼすほうじゃないんですけど、つい、主人がほとんど毎晩、帰りは遅いし、年中出張で、ろくに家にいない、と不平を言ったんです」

「それは無理ないわよね」

「そしたら姉はひどく怒って。——外国暮らしが長かったせいか、夫も家の仕事や育児を分担するのは当然だというんです」

「なるほどね」

「で、一度、主人に意見してやる、と言い出して……。私も疲れてたから、姉の言うとおりにしてしまったんです」

「つまり、あなたと入れ替わったわけね？」

「そうなんです」

と、由紀子は肯いた。「姉は、向こうでアルバイトにベビーシッターをしたこともあって、赤ん坊の扱いは馴れています。それで、ともかく、私に、二、三日実家でのんびりして来い、と。――夫が出張から帰る日は分かってましたから、その日に戻ってくればいい、って」

「それで、あなたは実家へ行ってたのね」

「はい。――ところが、昨日、朝、姉から電話があって、面白いことを思いついた、と言うんです」

「つまり、ご主人を騙《だま》して――」

「私のふりをしよう、というわけなんです。姉に言わせると、夫に、少しショックを与える必要がある。目をさまさせて、仕事一筋の生活を改めさせなきゃいけない、ということなんです」

「なるほどね。それで、演技をしたわけだわ」

「今、中里さんからうかがって、びっくりしました。姉の気持ちも分かりますけど、ちょっとやりすぎだったと思います」

「そうねえ。でも、ご主人、本当に、お姉さんのことを、あなただと思ってたのよ」

「そう思うと寂しいです」

と、由紀子は、ため息をついた。「姉は殺されてしまうし。でも──」

と、片山を見て、

「主人が殺したんじゃありません！　あの人、そんなことのできる人じゃないんです」

と、訴えるように言った。

「その辺もよく考えますよ」

と、片山は言った。「しかし、ともかく、ご主人を見付けないことには」

「ええ。──どこへ行ったのかしら」

由紀子は、途方に暮れたように、赤ん坊のほうへと目をやった。

「これから、どうするの？」

と、泰子が訊いた。

「とてもあの部屋には……。この子を連れて、実家へ戻ります。私が生きていると分かれば、きっと主人も戻って来ると思うんですけど」

由紀子は、そう言って、またため息をついた。

「訳がわからないなあ」

片山は、現場の部屋に立って首をかしげた。

「ここで何があったのかしら？」

晴美は部屋を見回しながら、「則子さんが由紀子さんのふりをして、北田さんを迎える。きっと、赤ん坊のことも、則子さんとしては、ショック療法の一つというつもりだったのよ」

「ちょっとショックが大きすぎたんじゃないのかな」

「かもしれないわね。北田さんとしては、絶望的な気分になっていたでしょうし」

「で、カッとして妻と争いになる……」

「でも、そこまで、則子さんも黙っていたかしら？」

「というと？」

「だって、もう充分にショックは与えたと思うのよ。北田さんが、いったん泰子の所へ来て、それからここへ戻ってきたとき、則子さんは、事実を打ち明けても良かったはずだわ」

「なるほど。それもそうだな」

と、片山は肯いた。「しかし、北田が信用しなかったら？」

「でも、そこはいくら何でも夫婦でしょう。そう言われれば、分からないはず、ないんじゃない？」

「そうかなあ」

「必要なら、実家の由紀子さんへ電話すれば済むことでしょ」

「それもそうだな」

と片山は肯いた。

「もし、則子さんがちゃんと説明をして、北田さんも納得したとしたら……。その後、何があったのかしら?」

「分からないなあ。ともかく誰かが、彼女を殺した」

「そうね。でも——」

晴美は、ハッとしたように言葉を切った。

「どうしたんだ?」

「ねえ、もしかして、殺されたのが、則子さんだったとしたら?」

「だって、事実、そうなんだぜ」

「違うわよ。則子さんが、その当人として、殺されたんだとしたら、って言うの」

「なるほど。——則子さんを恨《うら》んでいた人間がいるとして、このことを知ったら……。でも、そんなこと、あるかなあ」

片山たちは、泰子の部屋へ戻って、由紀子にその点を訊いてみた。

「——姉がですか。いいえ、それはないと思います」

と、由紀子は首を振った。「姉はずっと向こうへ行ってましたから、あまり日本に友だちもいないんです。それに、まだ帰って間がなかったし」

「あなたとお姉さんが入れ替わることを知ってた人は?」

「いないはずです」

と、由紀子は言った。「私だって、昨日の朝、姉から初めて聞かされたんですもの」

それもそうだ。晴美の推理も、当て外れに終わった。

そこへヒョイとドアが開いて、

「失礼します」

と、石津の声。

ニャン、とホームズがすぐ目の前で鳴いたので、石津は飛び上がった。――大分《だいぶ》、「猫恐怖症」も良くなって来たのだが、やはり、まだ心の準備ができていないと、ショックのようである。

「どうしたんだ？」

と、片山が訊いた。

「あ、やっぱりこちらでしたか」

「何かあったのか？」

「ええ、実は南田さんから伝言で、あの被害者のブラウスの肩の縫い目なんですけど――」

と言いかけて、石津は、ヒョイと、由紀子を見た。「あ、お客さんですか」

そして、ちょっとポカンとしていたが……。アッと目をむくと、

「お、お化けだ！」

と大声を上げて廊下へ飛び出して行った。

「待て！　おい——」

片山があわてて後を追う。「違うんだ、これは——」

廊下へ飛び出したら、石津が目の前に突っ立っていた。片山は、その背中へ、もろにぶつかった。

二人して、廊下に転がって、

「何をやってるんだ！」

「片山さん、前方不注意です！」

とやり合っている。

「何してんの」

と、どこかの男の子が、ポケッと立って、二人を眺めていた。

「いや——何でもないんだよ」

片山と石津は、立ち上がって、ズボンの汚れを払った。

「全くあわて者だな、お前も」

片山が由紀子のことを説明すると、石津は胸を撫《な》でおろした。

「びっくりしましたよ。幽霊じゃないなら、そう言ってくれなきゃ」

「いちいち言って歩けるか」

「ねえ、石津さん」

晴美が顔を出す。「南田さんの伝言って？」

「あ、そうだ。忘れるところだった」

「呑気ねえ」

「いや、あの縫い目にですね、少し血がついてると言うんです」

「血が？」

「ほんの少しらしいですけど、血液型が、被害者と違うんだとか」

「他の人間の血が？」

晴美は呟くように言った。「どういうことなのかしら？」

石津は、また玄関から中を覗《のぞ》き込んで、

「しかし、よく似てますねえ」

と感心している。

「他に何かないのか」

「ないと思います。――じゃ、僕はこれで」

と、石津は廊下を歩き出したが、ふと足を止めると、「ああ、そうだ」

と、振り返った。

「まだ何か忘れてたのか」

「今、隣りの現場の部屋へ、誰か入って行きましたよ。それで、足を止めてたんです。そこへ片山さんが追突して来て――」

片山と晴美は、急いで隣りのドアを開けた。

「――まあ！」

と、晴美が声を上げた。

北田が、ぼんやりと立っていたのである。

「やあ、これはどうも」

と、北田は頭を下げた。

「北田さん、奥さんが――」

「分かっています」

と、北田は、うなだれて、「あれは自殺したんですね。何もかも、私の責任です」

「え？」

「子供を育てるのに疲れて、ノイローゼになっていたんです。私は、まるで家庭をかえりみなかったし……」

「北田さん、あの――」

「子供を殺して、自殺してしまった……」

「あのね、そうじゃなくて――」

「私に言ったんです。自分は由紀子じゃなくて、双子の姉だ、なんて。私はもう絶望的になりました。とうとう由紀子はこんなふうになってしまった、と」

北田は頭をかかえた。「堪《た》え切れずに外へ飛び出して、しばらく表を歩き回りました。そして——戻ってみると、由紀子が血だらけで、倒れていたんです」

「ちょっと待ってくださいよ」

と、片山が言った。「こっちの話も聞いてください」

「私を逮捕してくださってかまいません。妻の死に——いや、妻と子供の死は、私に全責任が——」

北田が言葉を切った。

玄関に、由紀子が赤ん坊を抱いて、立っていたのだ。

「あなた」

と、由紀子が言った。

「由紀子……。お前——」

「死んだのは、姉さんなのよ」

北田は愕然《がくぜん》として、

「じゃ、本当に、双子だったのか！」

「ごめんなさい。話せばいろいろとややこしいことがあって——」

「いいんだ！　そんなこと――どうでもいい！」

北田は立ち上がると、由紀子のほうへと、そろそろと足を進めた。まるで、急ぐと消えてしまうんじゃないか、と思っているかのように。

「じゃ――生きてたのか、一郎も！」

「このとおり、元気よ」

北田が、由紀子を抱きしめた。二人の間に挟《はさ》まれた赤ん坊が、オギャーと泣き出した。

「あなた……。だめよ、一郎が苦しい、って」

「そうか。いや、つい……。しかし、信じられない！」

北田はくり返して、妻を眺めた。

「北田さん」

と、片山が言った。「殺されたのは、奥さんの姉の則子さんです。自殺じゃなく、殺されたんです。――何か、思い当たることはありませんか」

「いや、何も……」

北田は考え込んで、「――ともかく、戻ってみると、死んでいたので、もう呆然《ぼうぜん》としてしまって」

「どこへ行ってたんですの？」

と、晴美が訊いた。

「死ぬつもりでした」

と、北田は、ちょっと照れたように頭をかいた。「あわてて死ななくて良かった」

「本当ですね」

と晴美は微笑みながら、言った。

泰子もやって来て、ホッとした様子で、見ていた。

「これからは、家庭をもっと大切にするよ」

と、北田は由紀子の肩を抱いて言った。

「あなた――」

由紀子は、ちょっと涙ぐんだ。「お話があるの」

「何だ？」

晴美が、気をきかせて、片山の腕を引っ張って出ようとすると、

「待ってください」

と、由紀子が言った。「聞いていただきたいんです。――私、悪いことをしていました」

「由紀子……」

「あなた」

由紀子は、目を伏せて、言った。「私、他の男の人と、浮気をしたの」

北田が、ちょっと間を置いて、

「そうか」

と言った。

「寂しくて、つい……。でも、言い訳はしないわ」

「そうか」

と北田はくり返した。

「ごめんなさい」

「それはともかく——『他の男と浮気をした』というのは、表現がダブってるぞ。浮気なら、他の男に決まっている」

由紀子は夫の顔を見て、それから、泣き笑いの顔になった。

「——やあ、これは」

と、廊下に声がした。

「あなた！」

泰子が目を見張った。「どうしたのこんな時間に？」

「仕事でこっちへ来たんだ。——いや良かったですね、北田さん」

と、中里が言った。

そのとき、ホームズが、急に、

「ニャーオ」

と、甲高《かんだか》く鳴いて、中里の右手へ飛びかかった。

「ワッ！」

と、中里がびっくりして飛びすさる。

「どうしたの、ホームズ？」

と、晴美が言った。

そのとき、由紀子が言った。

「私が浮気した相手は、中里さんなんです」

——長い沈黙。

誰もが、動かなかった。

「そうか」

と、片山が言った。「中里さん、右手を針で刺しましたね」

「何ですって？」

「あなたは、北田さんが飛び出して行った後、由紀子さんの姉の則子さんが一人でいたところへやって来た。そして、由紀子さんだと思って、手を出した」

「とんでもない！」

「もみ合いになり、やっと別人と分かって手を引いたが、則子さんは、そういうことには厳しい人だった。絶対に許さない、と言い張った。——あなたは則子さんを刺したんだ。ほころびたブラウスを縫い合わせようとして針で指を刺したんでしょう」

「そんな……」

泰子が、悪い夢を見ているような顔で、呟いた。

しかし、中里のほうは、もう自白したも同じで、真っ青になって、震えている。

「あの女――生意気な女だった！　ほころびを僕に縫えと言ったんだ！」

声が震えた。「そんなこと、できるもんか！　――針で、指を刺しちまうと、あいつは笑った。僕のことを笑った！」

「中里さん、話はゆっくり聞きますよ」

と、片山が腕を取る。

「僕のことを笑うなんて！　しかも浮気してたことを女房へ教えてやると言ったんだ。――浮気の一つや二つが何だっていうんだ、畜生！　僕はエリートなんだ！」

中里は叫んでいた。泰子が泣き出した。

晴美は、何とも言いようがなく、ただ、旧友の肩に手を置いた……。


「朝飯は？」

片山は、空っぽのテーブルを見て、言った。

日曜日である。

「あ、ごめん。忘れた」

晴美はぼんやりとしていた。「――いやになっちゃったの」

「気持ちは分かるけど……」

朝食抜きか。――片山は仕方なく、パンをトースターへ入れた。

「こういうことは、時間が解決してくれるんだよ」

と片山が言ったとき、玄関のチャイムが鳴った。

晴美が出てみると、泰子が立っていた。

「泰子！」

「オス！」

と、泰子は明るく言った。「買い物に行かない？」

「――行くわよ！　待ってて！」

晴美が奥の部屋へ飛び込んで行く。

今日は、どうやら、昼飯も抜きらしい、と片山はため息をついて、傍のホームズを見た。

ニャン、とホームズが同意したようだった。

三毛猫ホームズの感傷旅行

1

こうして公園のベンチに座っていると、ポカポカ暖かくて、いい気持だ。

時は春。――「春」という語は、どこかのんびりとうららかだが、現実の春は、猛烈な風で埃《ほこり》っぽくなったり、雨が続いたりで、あまり過しやすい季節とはいえない。特に、首都東京ではそうである。

新入社員のおかげで満員電車の混乱には拍車がかかるし、ストが多くて不便はするし……。

しかし、この日は本当に珍しく、春らしい穏やかな一日であった。

警視庁捜査一課の刑事が、公園のベンチでボケッと座っていたからといって、決して、世の中が平和で、刑事の仕事がないというわけではない。片山義太郎《かたやまよしたろう》が、ここに座っているのは、それなりの理由があったのである。

片山は、ここで世にもまれな凶悪犯の現れるのを上衣《うわぎ》の下の拳銃にいつでも手がかかるよう、神経を張りつめながら待ち受けていた――わけではなかった。

聞き込みに回っていて、ある会社の社長に会おうと、社まで出向いて来たのに、当人は仕事で外出中。二時間しないと戻って来ない、というので、仕方なくここで時間を潰《つぶ》しているのである。

TVの中の刑事と違って、いつも犯人と格闘したり撃ち合ったりしているわけではない。それじゃ、いくつ命があっても足らないだろう。

「――やっと三十分か」

片山は、腕時計を見て呟《つぶや》いた。「マンガでも持って来るんだったなあ」

あと一時間半も、こうしてぼんやりしていなくちゃならないのだ。いくら「待つ」のも刑事の仕事の内、といっても、張り込みと違って、退屈なこと、この上もない。

「石津《いしづ》の奴でもいりゃ、退屈しのぎにじゃらしてやるんだけど……」

と、目黒《めぐろ》署所属の刑事を、犬か猫扱いして呟いていると――。

「おい、片山！」

ポンと肩を叩かれて、びっくりした。まさか、本当に……。いや、石津の声じゃなかった。振り向くと、前に、ある事件で顔なじみになった刑事だった。

「あ、どうも――」

「久しぶりだな」

と、その刑事はニヤリと笑って、「どうだ、元気にやってるか？」

「ええ、まあ何とか――」

片山はそう答えたが、何しろ刑事という職業の割には、人の名前を憶《おぼ》えるのが苦手と来ている。顔は分るのだが、名前が出て来ないのだ。

「ええと——どなたでしたっけ？」

そう訊《き》きたいのはやまやまだが、それもみっともない……。

片山の方は、いつもながらに優柔不断《ゆうじゅうふだん》でモタついている。一方、声をかけて来た刑事の方も、何だかいやにソワソワしていた。

「おい、片山」

と声をひそめて、「お前、今、暇《ひま》か？」

「は？」

「少し時間あるか？」

「時間——ですか。あと一時間ぐらいなら」

「充分《じゅうぶん》だ！　ほんの二、三分頼まれてくれよ」

「いいですけど……何をするんです？」

「噴水《ふんすい》の向うに、女がいる。——そっと見るんだ！」

「はあ」

さりげなく目をやると、なるほど、噴水を挟《はさ》んで反対側のベンチに、赤いスーツの女が座っている。

「あの赤い服の――?」

「そうだ。今、尾行してるんだが、俺、ゆうべから、腹をこわしててな。ちょっとそこのトイレに走って行って来る。戻るまで、代りに見ててくれ。な、いいだろ?」

刑事だって人間だから(探偵には猫もいるが)、むろんこういうこともある。

「いいですよ。もし動き出したら……」

「なに、大丈夫。男と待ち合わせてるはずだ。すぐにゃ動かんさ。じゃ、頼んだぜ」

「はあ」

その「名もない」刑事は、公園の隅のトイレへと駆け出して行ってしまった。片山は、肩をすくめた。

まあ、どうせ時間があるんだ。暇つぶしにゃいいかもしれない。

赤いスーツの女、か。目立つから、尾行するにも楽でいい。

一体何で尾行されてるのかな。――片山は、その女を眺《なが》めた。

まだ若そうだ。スーツ姿なので落ちついて見えるが、せいぜい二十四、五というところだろう。独身OL? いや、左手のくすり指にリングが光っている。結婚早々の若妻というところか。

スーツにしても、持っているハンドバッグ、靴《くつ》。――見るからに一流品だ。かなり優雅な暮しをしているらしい。

少々うつむき加減だった顔を上げると、誰かを捜《さが》すように、左右を見回した。

ちょっと童顔だが、なかなかの美人である。丸顔で、少々ぼんやりした印象を受ける。

もちろん、刑事に尾行されているのだから、何かの事件に係《かかわ》り合っているに違いないが、当人が犯罪者という風には見えない。待っているという、相手の男が、容疑者なのかしら？

まあ、いずれにしても、俺には関係ないことだ、と片山は思った。そして——ギョッとした。

女が、パッと立ち上ったと思うと、足早に歩き出したのだ。——おい！　困るじゃないか！　もうちょっと待っててくれなきゃ。

片山の「無言の訴え」が、届くはずもなく、女はどんどん歩いて行ってしまう。

「困ったな——おい——でも」

片山は腰を浮かして、あの刑事が走って行ったトイレの方へ目をやった。しかし、一向に戻って来る気配はない。

女の方は、公園から出て行くところだ。見失《みうしな》ったら——課長の方へ苦情が行くかもしれない。そうなったら、何と言われるか……。

仕方ない！　片山は、女の後を追って駆け出した。

公園から表の通りへ出て、片山は、女がタクシーへ乗り込むのを見た。こりゃいかん。

——急いでタクシーを停《と》める。

「——あのタクシーを追ってくれ！」

片山は警察手帳を見せて、言った。


「旅って——」

と、片山晴美《はるみ》はしみじみと言った。「うた心を誘われるわねえ」

「そ、そうですね」

隣の席で、大きな図体《ずうたい》を必死で小さくしているのが、目黒署の石津刑事である。「僕も俳句を思い出しました」

「へえ。どんな？」

「柿食えば、金が無くなる法隆寺《ほうりゆうじ》……」

——窓の外は、折り重なった木々の、緑の山々だった。列車は、のんびりと、黄昏時《たそがれどき》の山間《やまあい》を走っている。

「悪かったわね、石津さん。付き合わせちゃって」

と、晴美は言った。

「とんでもない！　晴美さんのためなら、たとえ荷物持ちでも、一向に構いません」

石津は熱心に言った。単純——いや、純情な男で、晴美への想いに、小さくもない胸を痛めているのである。

列車に一緒に乗っているからといって、この二人が「怪しい」というわけではない。他にも同行者がいて——。

「ニャーオ」

と、足下《あしもと》のカゴで鳴いたのは、もちろん三毛猫のホームズ。

この一匹はもちろんだが、

「——ねえ、晴美！　ビールない？　こっちは全部飲んじゃったのよ」

と、女の子がやって来た。

「ピッチ早いわねえ！　まだあるけど、大丈夫？」

「平気平気！　これぐらいで酔っ払うような私じゃないわよ！」

「いつの間にそんなに強くなったのよ？　——石津さん、悪いけど、缶ビールの箱、おろしてくれる？」

「はい！」

石津がパッと立ち上って、網棚のボール箱をおろした。

——今日は、晴美の同窓会。

高校時代の仲間、女ばっかり十人近くが、温泉場へとくり出すところなのだ。十人も揃《そろ》って、しかもほとんどが、かなりの「酒豪」と来ると、列車の中で飲む分だけでも相当の量になる。

しかも、経費を安く上げるためには、アルコールも、持ち込んだ方がいい。しかし、女ばかりで、そんなに大量のアルコール飲料を運んで行くのは大変である。

そこで、幹事役を引き受けた晴美が、石津に声をかけ、石津は尻尾《しっぽ》を振って飛んで来た、というわけである。だから石津は、「たとえ」でなく、正真正銘の「荷物持ち」なのだった。

「──あと三十分ぐらいね」

と、晴美は腕時計を見て言った。「着いたら、きっともう真暗《まっくら》だわ」

「旅館は……」

「駅まで迎えに来てるはずよ。大して遠くないみたい。──食べものはうんと出るはずだから、それで勘弁してね」

「分ってます。そのために──」

石津は、二食抜いた、と言いかけて、あわてて口をつぐんだ。

「ちょっとごめんなさい」

晴美は席を立つと、ゴトン、ゴトンと揺《ゆ》れる車両の通路を歩いて行った。

晴美も少々アルコールを胃に入れていたので、少し眠気がさして来ていた。幹事が眠っちまうわけにもいかないので、顔を洗おうと思ったのである。

洗面台の所で、ちょうど手を洗い終って、振り向いた男と、ぶつかりそうになった。

「あ、ごめんなさい」

「いや、失――」

二人は……しばし顔を見合わせて立っていた。

「――お兄さん！」

「晴美！」

片山は、目をパチクリさせている。

「何してんのよ、こんな所で？」

晴美は、顔を洗うまでもなく、目が覚めてしまった。

「お前――どこか旅行に行くと言ってなかったか？」

「だからこれに乗ってんじゃないの。お兄さん、私を見張りに来たわけ？」

「お前を見張ってどうするんだ」

そこへ、「ニャーオ」とホームズが加わる。

「ホームズ！　いい所で会ったぞ」

と、片山はホッとして言った。

「晴美さん、おつまみが欲しいと言ってますが――」

石津もやって来て、片山を見ると、「あれ？　片山さんとよく似た人がいますね」

と言った。

今度は、片山の顔がこわばった。

「石津！　――それじゃ、晴美が同窓会だと言ったのはでたらめだったんだな！」

「嘘《うそ》じゃないのよ、あのね――」

「現にこうして石津の奴がいるじゃないか！」

「やっぱり片山さんだったんですか」

「ニャー」

「俺はお前の父親代りだぞ。恋人と旅行に行きたいのなら、なぜそう言わないんだ！」

「そうじゃないってば！　聞いてよ――」

「でも、片山さん、どうしてここに？」

「ニャー」

オペラの四重唱みたいになってしまったが、これらのセリフが、ホームズの「ニャー」という合の手も加えて、入り乱れたのである。

ここから、片山がやっと納得《なっとく》するまでの数分間は、著者としても当人たちの名誉のために省略することにしよう。

「――じゃ、お兄さん、尾行の最中なの？」

席へ戻って、晴美は言った。

「そうなんだ。――いや、お前に会えて助かった」

片山は、晴美が半分食べてあったサンドイッチ弁当の残りを、アッという間に平らげてしまった。

「金を貸してくれ」

「呆《あき》れた。じゃ、お金も持たずに尾行してたの？」

「仕方ないじゃないか。まさか、こんな長距離の列車に乗るとは思わなかったんだから」

「それにしたって……。刑事でしょう。少し余分に持ってなきゃ」

「月給日前は苦しいんだ」

片山は、晴美の出した一万円札を、そそくさと財布へしまい込んだ。

「尾行してるっていうのに、こんな所にいていいの？」

「そうですよ」

と、石津が言った。「さぼってちゃだめです」

片山がジロッとにらみつけると、石津はあわてて目を窓の外へ向け、

「もうすっかり暗くなりましたねえ」

「――走ってる列車だぞ。飛び降りでもしない限り、逃げやしないさ」

「で、その女をどうして尾行してるの？」

と、晴美が訊く。

「知らないよ」

「――何ですって？」

「成り行きなんだ」

片山が公園のベンチで、顔見知りの刑事から、代りを頼まれ、その女をつけて来て、その結果、この列車までやって来てしまったのだと説明すると、晴美は啞然《あぜん》として、

「冗談じゃないわよ！　途中で何とか連絡できなかったの？」

「仕方ないだろ。女の方が、この列車に乗るまで、全然立ち止まりもしなかったんだから」

「それにしたって……」

晴美は呆れて言葉もない。「じゃ、車掌さんに頼んで、駅から東京へ電話してもらえばいいじゃない」

「俺だって刑事だ。それぐらいは考えた」

「じゃ、連絡ついたの？」

「いいや」

「どうして？」

「尾行の代りを頼んだ刑事、顔は見憶えあるけど、名前も所属も思い出せないんだ」

「それじゃ――」

「連絡のしようがない」

「待ってよ。じゃ、お兄さん、その女性を、わけも分らず、ただ尾行してるの？」

「仕方ないよ。成り行きだから」

晴美は絶望的な気分で、窓の外へ目をやった。――ちょうどアナウンスが、間もなく晴美たちの降りる駅だと告げた。

「おっと。じゃ、俺は席へ戻ってるぞ」

片山が立って、通路を戻って行くと、晴美は、そっちを見ずに、ただ手を振った。

「バイバイ。――世界の果てまで行ってらっしゃい」

「でも、晴美さん」

「なあに？」

「そんな遠くまで行くんじゃ、帰りの運賃が足りないんじゃありませんか？」

「いいのよ。地球を一周すりゃ、元の所に戻って来るんだから」

晴美は、やけになって言った。

「ニャー」

ホームズが賛意を表明した……。

一方、片山とて、晴美に呆れられるまでもなく、我ながら馬鹿らしいとは思っていたのである。

しかし、ここまで来て、尾行をやめては、もっと馬鹿らしいではないか。――そう自分へ言い聞かせ、かつ、

「俺だって、好きでやってんじゃない」

と、ブツブツ言いつつ、自分の席へと戻って行った。

あの赤いスーツの女は、片山の席の少し前に、一人で座っていたのだが……。

「一杯やんなよ。——いける口だろ？」

男の声がした。片山は、ちょっと足を止めた。

あの赤いスーツの女の隣に、大分酔いの回った男が、腰をおろしている。そして、その仲間らしい男が二人、通路に立って、しきりに、女に酒を飲ませようとしているようだった。

どこかのサラリーマンなのだろうが、少々酒ぐせが悪いのか、やたら絡《から》んでいる。

「ね、いいじゃないか。今どき、酒の飲めない女なんか、もてないぜ」

「向うに行って下さい」

女は困惑顔で、窓の方へ目を向けた。

「へえ、冷たいね。——ねえ、お姉ちゃん、独り旅なんでしょ？　じゃ、いいじゃないか。——ちょっと付き合ってくれたってさ」

「放っといて下さい」

女が腹立たしげに言った。

「へへ、気が強いね。怒ったところがまた可愛いよ」

男がぐっと女の方へにじり寄る。女がサッと身を引くと、その弾《はず》みで、男が手にしていたカップの酒が、女のスーツにこぼれた。

「何するの！」

女が、声を上げて、立ち上った。「車掌さんを呼びますよ！」

「何だよ、あんたが急に動くからじゃねえか！　お高く止まりやがって、何だ！」

男の方が急に怒り出した。「何様のつもりでいやがるんだ！」

こういう手合は、普段、至って人当りのいい、良識あるタイプなのだ。アルコールが入ると、抑えつけられているものが一気に噴《ふ》き出すのである。

酒を飲まない片山は、こういう、人に迷惑をかける酔っ払いを見ると、やたらに腹が立つ。しかも、一緒にいる二人も、止めるどころか、面白《おもしろ》がってニヤついているのだ。

「――ちょっと」

片山は、つい、そう声をかけていた。「いい加減にしたらどうですか」

「何だ、てめえ。余計な口出すな！」

と、やけに威勢がいい。

「文句があるなら、三人で相手になるぜ」

片山とて刑事である。酔っ払いの腕をねじ上げるくらいのことはできるが、相手が三人というのでは、少々自信がなかった。加えて、狭《せま》い車内だ。騒ぎになれば、他の客に被害が出ないとも限らない。

ここは止《や》むを得ない。女の前ではうまくないが、ちょっと手帳をチラつかせるか。

片山がポケットへ手をやりかけたとき、

「片山さん！」

と、石津の声がした。

「お前か！　いい所へ来た」

「何か食べるんですか？」

「ちょっと手伝ってくれ」

と、片山は言った……。

2

「本当に、ご迷惑じゃないんですか？」

と、中尾千恵《なかおちえ》はくり返した。

「いいのよ。どうせ大勢なんだもの。一人でも多い方が盛り上って。——ねえ、お兄さん？」

晴美が片山の顔を見る。

「うん……。まあね」

片山としても、他に言いようがない。

駅のホームで、晴美たちのグループ、それに片山と石津は、迎えが来るのを待っていた。

「ニャーオ」

おっと、もちろん、ホームズも一緒である。そしてもう一人……。あの赤いスーツの女が、中尾千恵と名乗ったのである。

列車はゆっくりと動き出し、すぐに暗がりの中へと溶けるように見えなくなった。

三人の酔っ払いは、石津のせいで、おとなしく眠っているはずである。

「それより、あなたは構わないの？」

と晴美が訊くと、中尾千恵は、

「ええ」

と肯《うなず》いた。

「どこか、行く予定じゃなかったの？」

「いえ、いいんです。どこでも」

——奇妙な女だ、と片山は思った。

片山も、成り行き上、もちろん旅行の仕度などしていないのだが、その点は、この中尾千恵も同じだ。赤いスーツに、ハンドバッグ。——それだけ。

どう見ても、旅に出るというスタイルではない。ただ、片山よりも、現金は持っていたのだろう。

晴美は、片山の腕を取って、少し離れた所へ引っ張って行くと、声をひそめて言った。

「――何の事情か、少しは分ったの？」

「いや、全然だ」

「やっぱりね。――でも、向うも特に行先を決めてなかったみたいじゃないの」

「うん。ただの気まぐれとも思えないけど」

「そりゃそうよ。何かわけがなきゃ、こんな所まで、独りで来るもんですか」

「誰かと待ち合わせてるわけでもないんだな。どこで降りてもいいってことは」

「そうね。――興味あるわ。どんな犯罪に係り合ってるのか」

「おい、聞こえるぞ」

「大丈夫よ。いい？　今夜は彼女とゆっくり話し合うのよ」

「俺が？」

「私でもいいけど、こっちは幹事で忙しいのよ」

「ま、やってみるよ」

片山とて、自分の尾行している相手が何者かぐらいは、やはり知っておきたいのである……。

「ニャーオ」

ホームズが高く鳴いた。旅館のマイクロバスが、駅の前に着いたのである。

時計は、一気に進んで――夜十時。

片山は大欠伸《あくび》をしていた。広間、といっても、せいぜい十畳ぐらいの和室。

そこで、晴美のグループと、片山、石津、中尾千恵、プラス、ホームズの一大宴会――は大げさか――が、くり広げられたのである。

もちろん片山は食べる専門。石津は食べる、飲むの両方であった。

少々古ぼけた、いかにも小さな温泉町の旅館だが、食べ物は、悪くなかった。宴会は七時から、もう三時間も続いているのだ。

片山が眠くなっても不思議ではない。ホームズは、もうとっくに隅の方で丸くなっていた。

「――さて、と」

晴美が声を大きくして、「大体アルコールも無くなったし、一応、この辺でお開きにしましょうか」

「ええ、つまんない！」

「もっと飲もう！」

と、声が上る。

「飲まない、とは言ってないわ。後は各自、部屋で飲むか、外へ出るか、自由ってことにしましょ」

「男が足りないわよ！」

と、一人が言った。

「この二人で良きゃ、いつでも貸し出すわ。無料よ」

晴美の言葉に、片山と石津が目をむいた。

——結局、「貸出し希望」がなかったので、お開きになった宴会場で、石津が一人、食べ続けるという、ごく当然の（？）情景が出現したのである。

「もうだめだ」

廊下へ出て、片山は、また大欠伸をした。

「俺は寝るぞ」

「ギャーッ！」

足下で、いきなりホームズが咆《ほ》えたので、片山は仰天《ぎょうてん》して飛び上りそうになった。

「ああ、びっくりした！——何だ、お前だって、さっきはグウグウ眠ってたじゃないか」

とグチッてみても、猫の眠りは浅いのだ。

「分ったよ」

と片山はため息をついた。

旅館の玄関ホール——といったって、大して広くないスペースだが——へ出てみると、ソファにあの中尾千恵が一人で座って、新聞を見ていた。

ソファといっても、「もと、ソファ」と呼んだ方が正確な中古品で、それが無造作に並べられ、画面の色が薄くなったカラーTVがつけっ放しになっているというのは、どこか侘《わび》しげな光景であった。

中尾千恵以外には、誰もいない。片山は、声をかけようとして、ためらった。——いやに熱心に新聞を読んでいるのだ。

何の記事を見ているのか？　もしかしたら、自分が係り合った事件の記事を読んでいるのかもしれない。

どのページを見ているか分るといいのだが、片山のいる位置からは、まるで分らないのである。

そうだ。——片山は、足下に座っていたホームズのお尻を、足でチョイとつついた。

ホームズは、「面倒な奴だなあ」と言いたげに片山を見上げてから、中尾千恵の方へ、静かに歩いて行く。そして、その足下まで行くと、新聞を持っている彼女の手の下をかいくぐって、フワリと膝の上に飛び乗った。

「ワッ！」

中尾千恵は、びっくりして声を上げたが、

「——何だ、あなただったの」

と笑った。

ホームズが、ニャーと鳴いて、バリッという音。

「あら、だめよ、新聞を破っちゃ」

中尾千恵は、新聞を閉じた。——後で見れば、どのページが破れているかで、彼女が読んでいた所が分る。

「あら、片山さん」

「——やあ」

片山は歩いて行って、少し離れたソファに座った。

「すみません、こんな飛び入りが……」

「いや、ちっとも構わないんだよ」

「いい方ですね、妹さん」

「そうかね……」

「とってもいきいきしてて、素敵だわ」

「ちょっと活きの良すぎるのが困りものでね」

と、片山は言った。

噂《うわさ》をすれば、で、晴美が仲間の女性たちと四、五人連れ立ってやって来た。

「——あら、お兄さん」

と、片山に手を振って、「ちょっと表に出て来るわ。まだバーが開いてるだろうし」

「あんまり酔っ払うなよ」

「飲み過ぎて歩けなくなったら、電話するから石津さんをよこして」

ワイワイやりながら、晴美たちが出て行くと、片山は苦笑いして、

「最近は女の子の方が、夜の町へくり出すんだな」

と言った。

「私も若いころはそうでした」

と中尾千恵は言った。

「若いころって……君は若いじゃないか」

「ええ。——年齢だけは、一応」

と言って、目を伏せる。

何となく、しんみりしたムードになる。

話を切り出すには、いい頃合かもしれない。片山は、ちょっと咳払《せきばら》いして、

「ねえ、君——」

と言いかけた。

「片山さん！」

石津の馬鹿でかい声が、ムードをぶち壊した……。

「──男が何よ！」

と、一人が気勢を上げる。

「そうだ！　男の支配を打ち破れ！」

と声が上る。

ま、女ばかりで酒を飲んでいると、一人ぐらいは、「男なんて──」と言い出すのがいるものである。

バー、というのもちょっと気恥ずかしいくらいの小さなバーは、晴美とその仲間に、すっかり占領されている様子だった。

もちろん、大体がさびれて客の少ない店である。このにぎやかさは大歓迎というところらしかった。

晴美は、割合静かに──というのは、普段と変らない程度、という意味だが──飲んでいた。

幹事といっても、宴会が終って、こうして町へ出て来りゃ関係ない。しかし、大体、晴美は兄と違ってアルコールには至って強いのだ。

それも、いくらか酔って、さらに飲み続けると、却《かえ》って平然として来る。その先は？

──当人も恐ろしくて、そこまで飲んだことがないのである。

「ねえ、晴美は？　晴美は男、いないの？」

と、一人がよりかかるように訊いた。

「男？　兄貴一人で手一杯」

「あのでかいのは？」

「石津さんのこと？　――そうね。ま、ボーイフレンドかな」

「じゃ、もう寝た」

「あの人、中世の騎士の生れ変りなの」

「じゃ、手も出さないわけ？　へえ！　今どき珍しい生きものね」

「そう。おまけに純情なの。気は優しくて力持ち」

「ハハ、金太郎だ。腹巻きしてる？」

「覗《のぞ》いたことないわね」

と、晴美は言った。

そのとき、店のドアが開いて、男が一人、入って来た。

「いらっしゃい」

バーのママが声をかける。「お一人？」

「ええ……」

何だか、いやにおずおずと入って来たのは――背広にネクタイのサラリーマンスタイルだが、年齢はまだせいぜい二十歳ぐらいじゃないかという若者で、ヒョロリと長身ながら、顔は女の子みたいに可愛い。

「入ったら？　取って食わないわよ」

と、晴美の仲間の一人が声をかけると、みんながドッと笑った。

「よしなさいよ。営業妨害になるわ」

と、晴美は言った。「そこ、空《あ》いてますよ。どうぞ」

「――すみません」

若者は、ボストンバッグを一つ、後生大事にかかえていた。「あの……コーラ下さい」

どうやら、アルコールがだめな口らしい、と晴美は思った。

「――東京から？」

と晴美が言うと、若者は、ホッとしたように、微笑《ほほえ》んで、

「ええ。今着いたんです」

「そう。旅館は？」

「まだ……。実は人を捜してるんですが」

「この町の人？」

「いえ。――たぶん、今日この町へ来たと思うんです」

「思う？　はっきり分らないの？」

「ええ……。それで、今、このバーの前を通ったら、女の人の声がしたんで入って来たんで

すけど」

「女の人を捜してるの？」

「ええ。赤いスーツを着てると思うんですけど、あなたの泊ってらっしゃる旅館で、見かけませんでしたか？」

「赤いスーツねえ……」

晴美は、考えるふりをした。もちろん、中尾千恵のこととピンと来ているが、この男が何者なのか、それが分らない。

「年齢は二十四で――」

と若者が言いかけると、晴美の仲間の一人が聞きつけて、

「ねえ、晴美、それ、あの人のことじゃないの？　ほら――千恵、とかいった」

「そうです！　中尾千恵というんです」

若者が目を輝かせた。

晴美は、ちょっと渋い顔をしたが、分ってしまっては仕方ない。とぼけて、

「ああ、そうね。あの人も赤いスーツを着てたっけ」

「あなた方と同じ旅館に？」

「ええ。いるわ。あなた――どうして彼女を捜してるの？」

「会って、どうしても渡さなきゃいけないものがあるんです」

若者は、大げさに息をついて、「良かった！　見付からなかったら、大変だったんです」

「あなたは……」

「池田《いけだ》といいます。大学生です」

「やっぱりね。若いと思ったわ」

「旅館、どこです？」

「案内してあげるわ」

「すぐ分るわよ」

と、バーのママが口を挟《はさ》む。「ただ、この通りを真直《まっす》ぐ行きゃいいんだから」

――旅館の名前を聞くと、若者は、

「どうも！」

と、礼を言って、一口も飲んでいないコーラの代金を払って、バーから飛び出すように出て行った。

「――今の人、あの女性とどういう関係だと思う？」

と、仲間の間で早速《さっそく》話が出る。

「若いツバメ」

「それはもっと年上の女性の場合に言うんじゃないの？」

「じゃ、若いスズメだ」

みんなが大笑いした。

晴美は立ち上って、

「悪いけど、私、先に旅館へ戻るわ」

と言った。

「あら、どうしたの？」

「ちょっと気になることがあるの」

「分った！　お兄さんとあの千恵さんって人のことが気になるんでしょ！」

「それなら喜んじゃうわよ」

と、晴美は苦笑した。「じゃ、これで払ってね」

お金を少し預けると、晴美はバーを出た。

あの池田という若者の姿は、もう見えなかった。——ともかく、道もやたら暗いのである。

「お兄さんと中尾千恵ね……」

足早に旅館の方へと歩きながら、晴美は呟いた。

「少しは問題になってくれるといいんだけどね……」

「——問題だな」

片山が首をかしげた。

「早くして下さいよ。夜が明けちゃう」

と、石津がため息をつく。

「待て。――いや、ここが思案のしどころだ」

片山は、中尾千恵と、碁盤《ごばん》を挟んで向い合っていた。傍《かたわら》で石津が観戦している。

といって、片山の如《ごと》き「無風流人」に、碁のできるわけがない。やっているのは、片山が知っているただ一つの……要するに「五目並べ」である。

「これで、どうだ！」

片山がパチリと、白い石を打つ。

「はい、〈四・三〉で勝ち、と」

中尾千恵がニッコリ笑った。

「ええ？　――あ、本当だ」

「片山さん、二十五連敗ですよ。僕より弱い人がいるとは、思いもしませんでした」

「ニャー」

ホームズが嬉しそうに（？）鳴いた。

「放っといてくれ！」

片山はふてくされて言った。

「お金でも賭けときゃ良かったわ」

と、中尾千恵が愉快そうに言った。「今ごろは大金持」

「——僕は風呂へ入って来ます」

石津が立ち上って、伸びをした。「せっかく温泉に来たんですからね」

「それもそうだな。俺も後から行く」

石津が出て行く。——ここは片山と石津の泊る部屋。中尾千恵と片山、二人で残ったわけである。

「何をやってもだめでね」

片山は、照れて頭をかいた。「ま、唯一《ゆいいつ》の取り柄は、人を勝たせて喜ばせられるってことかな」

「——どうもすみません」

と、中尾千恵は、畳《たたみ》の上に座り直した。

「どうして？」

「私のこと、何もお訊きにならないわ」

「うん……」

片山は、ちょっと肩をすくめて、「人は色々事情があるからね」

「片山さんって——」

「ん？」

「いい人ですね」

片山は、ちょっと笑って、

「『いい人』とはよく言われるんだ。でも、一向にもてなくてね」

「私……逃げて来たんです」

と、中尾千恵は言った。

「逃げて？」

「はい」

「どうして？」

「私、夫を殺したんです」

と、中尾千恵は言った。

片山が、目を見開いて、何か言いかけたとき、ドタドタ、と足音がして、石津が飛び込んで来た。

「片山さん！」

「おい何だ、その格好は？」

と片山は目を丸くした。

石津は、パンツ一つの裸だったのである。

「すみません。でも——大変なんです！」

「何が？」

「今、大浴場に行ったら、男がお湯に——」

「いいじゃないか。女湯に入ってたのか？」

「いいえ、でも、服を着たままなんです」

「酔っ払ってるんだろ、きっと」

「いいえ！　死んでるんです」

「それを早く言え！」

片山は立ち上った。片山が部屋を出るより早く、ホームズが飛び出して行った。

3

男は背広を着ていた。

石津がお湯の中から引き上げてみると、まず年齢は五十歳前後、ごく当り前の勤め人風に見える。

「死んでるでしょ？」

石津が言った。

「うん。——外傷はないようだな」

と、片山は言った。

「でも、大分ひどい格好ですよ」

——確かに、かなりひどい喧嘩《けんか》でもしたのか、ネクタイはほとんどちぎれそうになっているし、ワイシャツのボタンは飛んでいる。上衣の袖も、少しほころびていた。

「たぶん、格闘の挙句、お湯の中へ頭を沈められて、溺死《できし》したんじゃないかな」

と、片山は言った。「いずれにしても、こいつは殺人だ」

「どうしましょう？」

「仕方ないじゃないか。旅館の人に言って、警察を呼ぶんだ」

「分りました。それじゃ——」

石津は、まだパンツ一つの格好だった。急いで服を着ようとしていると、脱衣所の戸がガラッと開いた。

「あら、石津さん、何かあったの？」

晴美が顔を出したのである。

石津がパニック状態に陥《おちい》った。

「は、晴美さん！　そ、その——ちょっとお待ちを！」

「何を照れてんのよ」

と晴美は平気な顔で、「お兄さんのそんなスタイル、いつも見てるから、気になんないわ。

何があったの？」

「え、ええ、まあ……」

石津が、服をかかえて、じりじりと後ずさった。

「おい、早く行けよ」

と、片山がヒョイと出て来て、石津にぶつかった。

「ワッ！」

石津の背中が目の前にあるなどとは、考えてもいなかったので、びっくりしたのも当然だった。体のバランスを失って、後ろへよろけたと思うとツルリと足を滑《すべ》らし……。

ザブン、と派手な水しぶき——いや、お湯しぶきを上げて、片山は転落していたのである。

「——畜生《ちくしょう》！」

片山は、旅館の浴衣《ゆかた》を着て、タオルで濡《ぬ》れた髪をせっせと拭《ふ》いていた。

「着替えのないときに、何も水へ飛び込まなくたっていいじゃないの」

と、晴美は言った。

「好きで入ったんじゃない！」

と、片山は言い返した。

旅館の玄関のホールである。——地元の警察から、やっと一人やって来たものの、県警から検死官などが到着するのには、まだしばらくかかるということだった。

「とうとう事件ね」

と、晴美は言った。「何かありそうだと思ってたのよ」

「嬉しそうに喉《のど》を鳴らすなよ」

「ホームズじゃあるまいし」

と晴美は言った。「――ねえ、死んだ人の身許《みもと》は分ったの？」

「いや、上衣のポケットは空っぽだった。旅館の方でも、客じゃないと言ってるしな」

「誰かと争ったのね。――ね、どう思う？」

「何だ？」

「あの、中尾千恵と関係ありそう？」

「――そうか！　忘れてた」

片山は頭をポンと叩いた。「彼女が話してたんだ。『夫を殺したんだ』と――」

「何ですって？」

「部屋へ行ってみよう。俺の部屋にいたんだ」

片山と一緒に歩きながら、晴美が言った。

「部屋で彼女と何やってたの？」

「五目並べさ」

「――何してたって？」

「五目並べ。ほら、碁石の白と黒を――」

「それぐらい知ってるわよ！」

晴美は、ほとんど絶望的な気分で言った……。

「……まだいるかな」

片山が部屋の戸をガラッと開けると――中から飛んで来たものがある。あまり出くわしたくないもの、げんこつであった。

ガン、と片山の顎《あご》を直撃、片山はもののみごとに引っくり返った。幸い、気を失《うしな》うところまでは行かなかったが。

「エイッ！」

晴美は反射的に、相手の股《また》ぐらをけり上げていた。これが命中して、相手も引っくり返ったのだが――その顔を見て、晴美はびっくりした。

「まあ、あなた――」

あの池田という若者だったのだ。「大丈夫？　痛かったでしょ」

「――俺の方を心配しろ！」

片山は、やっと起き上りながら怒鳴《どな》った。

「――すみません」

と池田が頭をかいた。

「刑事に暴行したんだぞ」

片山はプーッとふくれていた。「公務執行妨害とプラスすりゃ、二、三年はぶち込んでやれる」

「やめなさいよ」

と、晴美が言った。「殴られたって、へるもんじゃないでしょ」

「他人《ひと》のことだと思って」

と、片山は、まだ痛む顎をなでた。

「でも、あなた、一体どうして殴ったりしたの？」

「はあ」

池田は、ちょっとためらってから、「人違いだったんです」

「人違い？」

「あの人を追いかけて来た亭主かと思ったもんですから」

片山と晴美は顔を見合わせた。

「——亭主って——千恵さんのご主人のこと？」

「そうです。彼女はご主人のことが堪《た》え切れなくて、逃げて来たんですよ」

「あなた、千恵さんの恋人なの？」

「僕が？　とんでもない！」

と池田は首を振った。「僕は彼女の生徒です」

「学校の先生だったの？」

「家庭教師だったんですよ、僕の」

「ああ、なるほどね。じゃ、彼女が大学生で――」

「僕は中学生でした。僕にとって、あの人は憧れのマドンナだったんです」

と、目を輝かせる。「あの清らかな――」

「そんなことはいいけど――」

と、片山が無愛想に遮《さえぎ》った。「彼女が逃げて来たのは、ご主人を殺したからだと言っていたぞ」

「それなんです。彼女の思い過しなんですよ」

「じゃ、殺してないっていうわけ？」

と、晴美は言った。

「ご主人と争って、殴ったんです。――でも仕方なかったんですよ。何しろ彼女のご主人と来たら、凄《すご》いやきもちやきで、セールスマンと話してたって、仲を疑ってかかるというんですから」

「じゃ、そのときも――」

「電話では、僕との間をご主人が何かあると思い込んだようです」

「本当はなかったのかい？」

「もちろんですよ。――僕だって、彼女が大学を出てからは、全然会っていませんでした。ヒョッコリ喫茶店で会ったのが一年くらい前で、彼女、話し相手がなくて、一人で苦しんでいたんです。だから僕に、何でも打ちあけてくれたんですよ」

「――で、夫が暴力を振ったんで、彼女が夢中で殴った、と……」

「そうです。ぐったりして動かなくなったんで、殺してしまったと思い込んだんですよ」

「それで？」

「僕に電話して来て、遠くへ行って、自殺するつもりだって……」

「止めなかったの？」

「もちろん止めましたよ。彼女に、ともかく会って説得しようと、公園で待ち合わせました」

片山は、なるほど、と思った。あの公園で中尾千恵が座っていたのが、それだったのかもしれない。

さっき熱心に新聞を見ていたのは、その記事を探していたのだろう。

「ところが、僕が車で出たもんですから」

と、池田はため息をついた。「ついスピードを出して、白バイに捕まっちゃったんですよ」

「で、遅れたのか」

「もう彼女はいませんでした。どこを捜したものやら、途方にくれましたけど、ふっと、前に、彼女がこっちの方の温泉に行ってみたいと言ってたのを思い出したんです」

「でも、よくこの駅で降りたと分ったわね」

「彼女が赤いスーツを着てるのは、電話で聞いてましたからね。それに、何だか酔っ払い同士の乱闘騒ぎがあって、駅の人がよく憶えてたんです」

片山は咳払いして、

「酔っ払い同士じゃない」

と訂正した。「で、彼女に会ったのか？」

「ええ。でも、ひどく怯《おび》えていました」

「怯えて？」

「電話がかかって来た、というんです」

「誰から？」

「ご主人からです」

「でも、どうしてここが分ったのかしら？」

「さあ、それはよく分りません。でも、電話が鳴ったので出てみると、確かにご主人の声だったそうです」

「ニャーオ」

突然、ホームズの鳴き声がして、片山は、

「ワッ！」

と飛び上った。「おい！　いつの間に来てたんだ？」

「ニャン」

ホームズが、ちょっと、何か言いたげに片山を見つめたが……。そこへ、

「片山さん」

と石津が顔を出した。「検死官が来ましたよ」

「分った」

と、片山は肯いた。

「検死官？」

池田がギョッとした様子で、「何があったんです？」

「男が大浴場で殺されたのさ」

と片山は言った。「今の君の話を聞いてると、もしかして、殺されたのがその『亭主』かもしれないって気がするんだがね」

「それじゃ変よ」

と、晴美が言った。「彼女がここに一人でいるとき、ご主人から電話があったわけでしょ？　そのとき、もうお兄さんたちは、あの死体を引っ張り上げてたはずよ」

「俺だって、それぐらい分ってる」

と、片山は言った。「しかし、それは、中尾千恵が本当のことを言っているとして、の話だ」

「じゃ、千恵さんが嘘《うそ》をついてる、とでも言うんですか！」

池田が憤然《ふんぜん》として、言った。

「いいか」

片山は、ちょっとハードボイルド風に、凄《すご》んで見せた。「今度手を出したら、留置場だぞ！」

「分りましたよ」

と、池田がふくれっつらになる。「ともかく、その死んだ男ってのを見せて下さい」

「OK、行こう」

片山たちはゾロゾロと、部屋を出た。

「——検死官は、もう現場へ行ってます」

と石津が言った。

みんなが廊下を歩いて行く。

——こういう古い旅館の常で、建て増しをくり返したせいか、やたら廊下が入りくんでいる。

渡り廊下にかかった。窓の外は、庭になっているが、今は真暗だった。

「一体、中尾千恵はどこにいるんだ？」

と、片山が訊いた。

「あ、そうか。言いませんでしたね」

この池田という男も、相当うっかり屋のようである。「実は――」

そのときだった。一行の先頭をトコトコ歩いていたホームズが、突然、

「ギャーッ」

と鳴いたと思うと、身を翻《ひるがえ》して、宙を飛んだ。

同時に銃声が闇を貫いて、窓ガラスが砕ける。ホームズが正面から飛びかかって来るのを見て、思わずのけぞった池田が、わき腹を押えて、ドッと倒れた。

「――撃たれたわ！」

晴美が叫んだ。

「しまった！」

片山が、池田の方へかがみ込む。「石津！　医者だ！」

「は、はあ」

「お兄さん、私に任せて！　庭の方を――」

「分った」

片山は、「庭だ！」

と怒鳴った。

しかし――何しろ片山は浴衣姿である。それに、庭へ出る戸がどこにあるのか、捜すのに手間取って、やっと石津が庭へ飛び出したときには、もう犯人の姿は消えてなくなっていたのだった……。

「――畜生！」

片山が戻ってみると、池田が倒れていて、その上に白衣の男が、かがみ込んでいる。

「お医者さんですか」

と、片山が声をかける。

「検死官だよ」

と、白衣の男が言った。「死体なら得意だが、こいつはまだ生きてるじゃないか」

「ホームズが飛びつこうとしたから、弾丸がそれたのね」

と、晴美が言った。「でなかったら、心臓を撃ち抜かれてたわ」

「しかし、ひどいぞ、かなり」

と、検死官は言った。「早く入院させんと。――意識不明のまま、戻らんかもしれん」

「救急車は？」

「呼んだって、来るのに三十分はかかる。病院へ運んだ方が早い」

「分りました。で、病院は？」

「ここから三十分はかかる」

――片山は、ため息をついた。

4

片山が旅館へ戻って来たのは、もう明け方近かった。

「ハクション！」

クシャミが出るのも当然で、生乾きの服を、無理に着込んでいるからである。

「やれやれ……」

片山は、旅館の玄関を入って、欠伸をした。

大浴場で殺された身許不明の男や、病院で、まだ意識不明の重態のままの池田のことを考えると申し訳ないが、やはり眠いときは眠い。

ホームズがついて来ていた。晴美は病院で、池田のそばに付いているし、石津の方は地元の警官たちと一緒に、この付近一帯を、狙撃犯人の姿を求めて捜し回っているのである。

「疲れたな、全く……」

玄関を上って、片山は言った。「温泉ってのは、もう少しのんびりしていいんじゃないか？」

玄関のホールのソファから、男が立ち上った。

「おい、片山」

片山は、目を丸くした。

「あ……。あなたは――」

びっくりしたのも当然で、そこにいたのは、片山に中尾千恵の尾行を頼んだ刑事だったのである。

「いや、悪かったな」

と、刑事は苦笑いして、「一体どこへ行っちまったのかと思って、散々捜したよ」

「はあ……。いえ、どうも、こっちも連絡しようがなくて」

「いや、悪いことしたな。こんな所まで尾行して来てくれたのか」

「ええ」

片山は肯いた。

「で、あの女は？」

「それが――どこへ行ったか分らないんですよ。それに、人が殺されたり撃たれたり……。ゆうべは大騒ぎで」

「何かあったらしいな。旅館の奴に聞いた。一体何事だ？」

片山がザッと事情を説明すると、刑事は渋い顔で、

「まずいな」

と、首を振った。「池田までやられたのか……」

「でも、一応命は取り止めそうですよ」

「そいつは良かった。――今、病院か？」

「ええ」

「場所を教えてくれ」

片山が説明すると、その刑事は肯いて、

「じゃ、行ってみよう。――何か分ったら、病院へ電話してくれ」

「はあ」

刑事が足早に旅館を出て行くと、片山は、

「あ、いけね。また名前訊くの、忘れちゃった」

と呟いた。

ま、いいや。追いかけて行って、訊くのも妙なもんだ。

大体、片山はくたびれて、眠くて仕方なかったのである。――石津は頑張《がんば》っているが、まあ人には個性というものがある。ここは少し休息を取らなくては。

部屋へ入ると、明りを点《つ》ける気にもなれない。手探《てさぐ》りで布団の敷いてある位置を確かめると、上衣とズボンだけ脱いで、そのまま、布団の中へ潜《もぐ》り込んだ。

「あーあ」

と、息をついて、「おやすみ、ホームズ……」

「ニャン」

と、鳴いたホームズだが、それが「おやすみ」と言ったのかどうかまで、片山は頭が回らなかった。

ともかく、たちまちの内に、眠り込んでしまったのである。

そして……どれくらい眠っていたのか、片山は寝返りを打った拍子《ひょうし》に、何かにぶつかって、目を開いた。

もちろん、半分眠ったままで、

「失礼……」

と、ムニャムニャ言った。

ん？ ──しかし、何だろう、今のは？

ホームズが布団の中へ入って来たのかな。いや、それにしちゃ、手応《てごた》えがありすぎるみたいだ。

手を伸ばして探ってみる。いやにフニャッとして、あったかい。

「ウーン」

と、呻《うめ》く声がして、片山は目が覚めた。

パッと布団に起き上る。——もうすっかり夜が明けていて、部屋の中も薄明りが射していた。

片山の布団の中に寝ているのは——中尾千恵だった。

片山が、必死で目を覚まそうと頭を振っていると、千恵の方も目を開いた。

「片山さん……」

「ここで——何してるんだ?」

「眠ってるんです」

と、ごく当然の答えをして「でも、もう目が覚めたけど」

「しかし……。いつからこの中に?」

「分らないわ」

千恵がゆっくり起き上った。スリップ姿が、片山の目をパッチリと見開かせ、あわてて横を向く。

「池田君が来たんです。そして——池田君、私に、押入れの中へ隠れてろと言って……」

「じゃ、君、押入れの中にいたのか?」

「ええ。でも——アルコールのせいか、眠くなって、中で眠っちゃったんです。目が覚めて、出て来たら、誰もいなくて。それで、布団を敷いて、もう一度寝たんです」

何てことだ! ——散々気をもませておいて。

「あの……」

と、千恵は、ちょっと不安げに、「私、片山さんと――何かしたのかしら？」

「と、とんでもない！　僕は明け方、やっと戻って来たんだよ」

片山がむきになって言った。

「そうですか――良かった」

千恵は微笑んで、「でも……片山さんとなら、構わなかったけど」

と言った。

「冗談じゃないよ。池田が撃たれたんだ」

「池田君が？」

千恵はサッと青ざめた。「――どうしよう！　主人だわ！」

「電話を聞いたんだって？」

「ええ。――ここにかかって来たんです」

と、千恵が肯いた。「『もしもし』っていう声を聞いて、すぐに分りました。思わずびっくりして、『あなた』って言うと、向うは少し黙っていて……、『今から迎えに行くからな』と……」

「ふむ」

片山は、布団にあぐらをかいて、「一つ訊きたいんだけど――」

「何でしょう？」

「君はなぜ、そのご主人と別れなかったんだ？　夫の暴力を、じっと堪え忍ぶって時代じゃないような気がするんだけどね」

「それは――」

と、千恵が目を伏せる。「それは――言えません。でも、わけがあるんです」

「そりゃそうだろう。しかし、現に、あの池田って若者は撃たれて重態、他にも男が一人、大浴場で殺された」

「その人は……」

「身許が分らないんだ。五十歳ぐらいの男だがね」

「五十歳――ぐらい？」

と、千恵は訊き返した。

片山は、千恵の言葉に、不安なものを聞き取った。

「心当りでも？」

千恵は、少しためらってから、布団を出て、自分のバッグを取った。そして、中から写真を一枚取り出すと、

「もしかして――この人じゃ……」

と、片山へ差し出す。

その男は、大分写真より老け込んでいたが、しかし間違いなかった。

「うん。この男だ」

と片山が肯く。

「本当ですか？　確かに？」

「誰なんだい？」

千恵は、急に体の力が抜けたように、がっくりと肩を落とすと、言った。

「私の――父です」

片山は意外さに目を丸くした。

「お父さん？」

「はい」

「しかし……どういうことなんだ？」

「父が殺されたなんて。――私のためなんだわ。父も、池田君も、みんな……」

と、千恵はすすり泣いた。

「泣いてちゃ分らないよ」

と、片山は困って言った。「ともかく話をしてみてくれないか」

「ニャーオ」

と、ホームズが鳴いた。

振り向くと、ホームズが、部屋の電話の所に、座っている。

「電話？　どうしろって言うんだ？　どこかへかけるのか？」

「ニャー」

「そうでなければ――」

片山は言葉を切った。「そうか……」

今まで気が付かなかったが、確かに妙だ。

「君がご主人の電話を取ったのは、この部屋だったんだね？」

「はい」

「おかしいじゃないか。ここは僕と石津の名前で取った部屋だ。君のご主人が、なぜ君がここにいると知ってたんだ？」

「さあ……」

と、当惑顔で、「そんなこと、考えませんでした」

「待てよ。その電話がもし、僕へかかったものだったら？」

「片山さんへ？」

「ところが、たまたま君が出てしまった。――君の方が、『あなた』と呼んだんだね？」

「ええ……。そうです。でも――」

「そうか！」

片山は、やっと思い出した。

「ハクション！」

部屋の入口で、クシャミをした男がいた。

「入ったらどうです、中尾さん」

あの刑事が入って来た。

「――あなた」

千恵は、青ざめながらも、厳しい目で、中尾刑事を見つめた。「父を殺したのね！」

「お風呂へ飛び込んで格闘になったんですね」

と、片山が言った。「濡れた服を着てりゃ、風邪も引きますよ」

「あれは、向うがかかって来たんだ」

と、中尾は言った。「大体、あいつは公金横領の逃亡犯なんだぞ」

「その父を、見逃してやると言われて、私、この人と結婚したんです。それなのに――」

「弾《はず》みだったんだ。俺を殺そうとした」

「なるほど。池田を撃ったのも、ですか？」

「あいつは、千恵の恋人だった」

「嘘です！」

片山は、ゆっくりと肯いた。

「あなたが、あんな朝早い時間に旅館にやって来たのを見て、おかしいと思うべきでしたね。まだ列車は動いていない。つまり、あなたは、ゆうべの内にこっちへ来ていたわけだ。——そうか。池田の後を尾けて来たんですね？」

「そういうことだ」

「ゆうべ来ていながら、なぜ僕の前に姿を見せなかったか。——ずぶ濡れだったからだ。乾くのを待って、明け方になってしまった……」

「千恵は私のものだ」

中尾が拳銃を抜いた。「君も、千恵と寝たのか」

「あなた、やめて！」

と、千恵が片山の前に身を投げ出す。

同時にホームズが中尾の顔めがけて飛びかかっていた。

銃声が響いた。

「——どうしたんです？」

石津が顔を出したとき、中尾は、顔を押えて呻きながら、うずくまっていた……。

「大体、お兄さんが、あの刑事の名前を忘れてたからいけないのよ」

と、晴美が言った。

「思い出したからいいじゃないか」

「ちょっと遅すぎるわよ」

――ホームに列車が入って来る。

「片山さん！」

と声がして、走って来たのは中尾千恵だった。

「やあ。池田君は？」

「ええ。もう意識も戻りました。――もう少しそばについてますわ」

千恵の顔が少し赤らんだ。「色々、ありがとうございました」

「いや、まあ……」

片山は照れて、何も言えない。列車が停って、晴美と仲間たち、石津、ホームズが乗り込む。

「それじゃ」

と、片山が乗ろうとすると、千恵が、素早く片山にキスして、急いで走って行ってしまった。

片山はポカンとして見送っていた。――そして、振り向くと、列車は――。

片山は、もう動き出した列車が、ホームから離れつつあるのを、唖然として見送っていた……。

三毛猫ホームズの夜ふかし

1

「いやな世の中になったもんだ」

と、戸張裕吉《とばりゆうきち》は呟《つぶや》いた。

三月とはいえ、風は冷たく、冬へ逆戻りしたような夜だった。空はどんよりと雲に隠れて、星一つ、顔を出していない。

誰だって、こんな夜に――しかも夜中の二時を、もう大分回っているというのに、寂しい道を一人で歩いていれば、グチも言いたくなる。

しかし、戸張裕吉がグチっていたのは、この冷たい夜風のせいでも、どんよりと曇った空のせいでもなかった。こんな時間に、外を歩いている我が身を嘆いているのでもない。

むしろ、裕吉にとっては、こういう月の出ていない夜は都合がいい。仕事時間が大体これくらいなのだから、遅いからといって、いやになるわけもない。

――戸張裕吉は、泥棒なのである。

泥棒が、「いやな世の中」を嘆く、というのは、何だか妙だが、それというのも、このところ、めっきり裕吉の仕事が減っているのだ。——まだ、衰《おとろ》えたというわけではない。

もう四十八歳というのは、確かに若くはないかもしれないが、商売柄（？）健康には気を付けているし、並の三十代の体力はある、と自負していた。

泥棒は泥棒だから、まあどう理屈をこね回したところで、賞《ほ》められた仕事ではない。しかし、少なくとも、裕吉はこれまでに、人を傷つけたこともないし、家の中を不必要に荒らしたこともなかった。

忍び込めば、その家の住人を起こさずに仕事をやってのけることができたし、万一、運悪く誰かがトイレに起きて来たときには、ためらわずに逃げる。

その代り、窓のガラスを音もなく切って忍び込んだり、どこに現金がしまい込んであるかを、室内をさっと見回すだけで見抜いてしまう点、正にプロの腕前を持っていた。

だから、裕吉が入った家で、いつまでも泥棒に入られたことに気付かない、ということもあった。——金持の中には、少々の現金が引出しから消えても、ろくに家計簿もつけていないので、さっぱり分らない、という呑気な家もあるのだ。

裕吉は現金だけしか狙わなかった。それも裕吉の慎重な性格ゆえだろう。

それにしても……。困ったもんだ。

裕吉は、ため息をついて、人気《ひとけ》のない道の両側に続く、邸宅を眺《なが》め回した。どの家も、忍び込めば五十万や百万の現金は置いてあるだろう。

しかし、入れないのだ。――みんな、起きているからである。

どの家も、窓の一つや二つ、必ず明りが点《つ》いている。それも、防犯のために点けているというのではなく、誰かしら起きているのだ。

カーテンに人影が動くのを見れば分る。

裕吉は腕時計を見た。二時半を回ってしまった。

このところ、ずっとこんな調子なのだ。三時になっても、三時半になっても、どの家も寝静まる気配がない。四時を過ぎたら、もう忍び込むことはできない。

明るくなるのに多少間があるとはいえ、どんなことで手間取るかもしれないのだ。やっと出て来たところで、新聞配達や、牛乳配達に出くわしては大変である。

そうなると、あと一時間ほどの間に、忍び込めそうな家を見付けないと、今夜もまるでむだ足ということになってしまう。

――全《まつた》く！　どうしてこう、今の奴は夜ふかしになったんだ？

昔はどんな大邸宅だって、夜十一時ごろには、誰もが寝入っていたものだ。

今は、若い連中が――大学生や高校生が、深夜までラジオをかけたり、ＴＶを見たりして起きているのだ。

いくら何でも、まともに勤めに出る人間は、十二時ごろには床《とこ》へ入るだろう。――この辺の住人は、その点、あまり時間に縛られていないのに違いない。

もっと小さな、当り前のサラリーマンの家だって、入ろうと思えば簡単だし、いくらかの金は手に入るだろう。しかし、裕吉は気が進まなかった。

ぎりぎりで生活している家から、なけなしのへそくりを盗むというのは、気が咎《とが》めたのだ。

——そりゃ、法律的にはどっちも同じなのかもしれないが、少なくとも裕吉の中では違っていたのだ。

突然、ガンガンと音楽が夜道へ飛び出して来て、裕吉は仰天した。

「ねえ、窓開けちゃだめよ」

と、女の子の声がする。

「いいじゃねえか！　踊ってると暑くってよ」

と男が大声で答える。

大声でなきゃ聞こえないくらい、ロックだか何だか、音楽が凄《すご》いボリュームでかかっているのだ。

「だめよ！　私が叱《しか》られんだから」

と、女の子が窓を閉めたらしい。

また夜道に静寂が戻って来た。——裕吉はホッと息をついた。

どこの家もあんな風なのかな。——あれじゃ朝まで眠りそうもない。起きるのは、昼過ぎだろう。

裕吉も、少し焦《あせ》っていた。仕事がなければ収入もないのがこの商売だ。今すぐ生活に困るということはないが、といって、さほどの蓄えがあるわけでもない。

今夜も手ぶらで帰るということになると……。

ふと、足を止めた。

急に、辺りが暗くなったような気がした。――街灯はついている。ただ、その家は、ひっそりと、明り一つ見えずに、静まり返っていたのだ。

まだ新しい、かなりの広さの家である。周囲の古い邸宅と比べると、少し小ぶりかもしれないが、それでも庶民の感覚からいえば「お屋敷」だろう。

人がいないわけではない。門灯はついているし、家の中にも、ほのかな明りは見えている。しかし、誰かが起きている、という様子はなかった。

素早く、左右を見回す。――人の通りかかる気配はなかった。時間は三時前。普通なら、一番眠りの深い時刻だ。

やろう、と決断した。それに、ここは大丈夫、という直感があった。直感は、めったに裕吉を裏切ったことがない。

裕吉は、布の手袋をはめると、門に身軽に取りついた。

道路の方から、裕吉の姿が見えなくなるのに、ほんの数秒しかかからなかった。――誰一人、それを見ていた人間はいない。

人間は。

ただ、塀伝《へいづた》いに、夜の散歩と洒落《しやれ》込んでいるのか、一匹の三毛猫が、ふと足を止めて、裕吉がその家の窓を調べて回っているのを、眺めていた……。

――適当な窓は、すぐに見付かった。

家の造りからいって、この窓は二階の寝室から一番遠い(普通の家のように、寝室が二階にある、としての話だが)。

ガラスを切って、テープを貼りつけて落ちないように外し、手を差し込んで、ロックを外す。

中へ忍び込むのは、いとも容易だった。

廊下は、小さな常夜灯が灯っている。しばらく息をひそめて様子をうかがったが、誰も起きている気配はない。

裕吉は、廊下を進んで行った。

ダイニングキッチン。――この辺の戸棚にたぶんいくらかの現金は用意してあるはずだ。

見当をつけた引出しを開けると封筒が入っている。中は――一万円札が二、三十枚。

ニヤリ、と裕吉は笑った。いい勘だ。

他の部屋はどうしようか? これだけで引き上げるか。――少し迷った。

しかし、調子に乗った時というのは、逃してはならない。もっと現金が置いてあるかもしれない。

もう少し捜《さが》してみよう。裕吉は、廊下へ出て、左右へ目を走らせた。——あそこが居間だろう。

よし、あそこも当ってみよう。結構、居間の壺の中とか、旧式な発想をして金を隠す人間がいるものなのだ。

居間のドアは、少し開いたままになっている。裕吉は、そのドアへ手を伸ばした。

と——いきなりドアが中から開いたのだ。

さすがの裕吉も、声を上げそうになった。出て来たのは、十七、八の娘で、白いネグリジェがスッと足首まで隠している。長い髪、そして、大きな目……。

しかし——妙だった。

その娘は、目の前に立っている裕吉に、まるで気付かない様子なのだ。裕吉を見ていないのである。

といって、目が見えないのでもなさそうだ。ごく当り前の足取りで、あわてててわきへどいた裕吉の目の前を通り過ぎて行く。

呆気《あつけ》に取られて見送っていると、娘は、そのまま、静かに階段を上って行ってしまった。

——畜生《ちくしよう》！　心臓に悪いや。

裕吉は、ともかく居間の中へ入ってみた。光は届かない。ポケットからペンシルライトを取り出す。

小さな光の輪が、ここだけでも裕吉の住むアパートよりよっぽど広い居間の中を動いて行く。そして——その光が、ピタリと止った……。

誰かが倒れているのだ。——裕吉は、そっと近付いて行った。

太った女だ。もう七十近いかもしれない。分厚いガウンを着て、仰向《あおむ》けに倒れていた。もう死んでいる、ということはすぐに分った。頭が、血だまりの中にある。傍《かたわら》には、包丁が落ちていた。刃が血で汚れている。

何てことだ……。

誰かに刺されたのだ。——今の娘に？

呆然として、時間がどれぐらいたったのか、一瞬分らなくなった。ハッと我《われ》に返る。

逃げるのだ。こんなことに巻き込まれてはいけない。

居間を出ようと振り向いた時、明りが点いた。

「動くな！」

と、散弾銃を構えた男が怒鳴《どな》った。「おい！　早く一一〇番するんだ！」

ガウンを着た、中年の小太りな男だった。

「手を上げろ！　早くしろ！」

「分りましたよ……」

裕吉は、初めて、口を開いた。――ドタドタと足音がする。

電話しているのは、この男の妻だろう。

「――今、家に泥棒が――。ええ、主人が銃をつきつけてます。急いで来て下さい！」

裕吉は、やっと、自分がどうなるのかを悟《さと》った。

「おい、そこに倒れてるのは――」

と、その男が言った。

「こ、この人のことは知りませんよ」

と、裕吉は急いで言った。「今、倒れてるのを見付けただけで――」

男は居間へ駆け込んで来ると、老女の死体を見下ろして、愕然《がくぜん》とした。「――貴様！　母さんを……」

「母さん！――母さんだ！」

「私じゃない！」

銃身を、夢中でつかんでいた。体当りすると、男は、呆気なく引っくり返った。

裕吉は、居間を飛び出した。目の前に、やせた女が目をみはって、突っ立っている。それを突きとばし、夢中で、忍び込んだ窓へと駆けて行き、外へ転《ころが》り出る。

「――待て！」

声が追って来る。ズドン、と銃声が夜を貫《つらぬ》いた。

裕吉は走った。必死で走り続けた。

ガンガン、と玄関のドアを叩く音で、加奈子《かなこ》は目を覚ました。——眠い。

「誰だろ……」

時計を見て、まだ朝の四時半だと分った。眠いわけだ。

お父さんかな？——でも、お父さんなら、自分で鍵をあけて入って来る。

パジャマの上にカーディガンをはおって、玄関の方へ出て行く。——といっても、六畳と四畳半の小さなアパートだ。

「どなたですか？」

と、加奈子は声をかけた。

「警察です」

警察？——お父さんに何かあったのかしら。

加奈子は、念のために、覗《のぞ》き穴から廊下を見た。制服の警官が立っている。

「今、開けます」

鍵を開け、「何か——」

と、ドアを開けると——とたんに、どこに隠れていたのか、五、六人の男たちがドッとなだれ込んで来て、加奈子ははね飛ばされてしまった。

「捜せ！」

「よく見ろ！　油断するな！」

と、男たちが怒鳴り合う。

明りが一杯につけられて、ポカンとして尻もちをついたまま座っている加奈子の目の前で、押し入れが開けられ、中の布団《ふとん》が次々に放り出された。

「――いないな」

と、男の一人が言って、加奈子の方へ歩いて来た。「おい、立てよ」

加奈子は、あわてて立ち上った。

「あなたたち――誰ですか！」

やっと、腹が立って来る。

「誰ってことはないだろう。警察だと言ったじゃないか」

と、その男は警察手帳を見せた。「君は？」

「私……。戸張加奈子です」

「娘か。戸張の」

「父が……どうかしたんですか」

「お袋さんは？」

「母は死にました。もうずっと前です」

「他に家族は？」

「いません」

「戸張は帰って来たか？」

「今日、ですか？　――まだだと……思いますけど」

「思います、ってのは何だ？」

「怒鳴らないで下さい」

と、加奈子は、思わず後ずさりした。「父は、いつも夜出勤して、朝帰るんです。私、学校があるので、たいてい父が帰るのと入れ違いくらいに出ます」

「出勤か」

その刑事は笑った。「何の仕事だって？」

「あの――夜警です。あちこちの……」

刑事が声を上げて笑うと、

「こいつは傑作だ！　――夜警か！」

「父がどうしたっていうんですか？」

加奈子は、刑事をにらみつけた。

「本当に知らないのか？　君の親父は、泥棒なんだぞ」

「嘘《うそ》です」

と突っぱねるように言い返す。「前科があるのは知ってます。でも今はもう――」

「つい一時間前に、ある屋敷へ押し入ったんだ。顔もはっきり見られてる。残念だがね」

「まさか……」

加奈子の言葉も、少し力を失った。

「どこか行く所は？　女とか、いるんじゃないのか？」

「そんな人、いません」

「どうかな。――ともかく、ここは見張らせてもらう。殺人犯だからな、何しろ」

加奈子は、耳を疑った。

「今、何て言ったんですか？」

「人を殺したんだ。盗みに入ったところを見付かって、包丁で刺した」

加奈子は青ざめ、よろけた。刑事たちが、全部の引出しをかき回している。

「いいか、電話番号や住所のメモを捜せ。そのどこかに隠れているかもしれんぞ」

刑事の声は、加奈子の外を飛び交っていた。――何も耳に入らなかった。

お父さん……。お父さんが人を殺した！　そんなことが……。

加奈子は呆然《ぼうぜん》と、畳の上に座り込んでいた……。

2

「要するに、問題は——」

と、石津《いしづ》刑事が、珍しく哲学的な口をきいた。

「腹が減っては、いくさができぬ、でしょ？」

片山晴美《かたやまはるみ》が言うと、石津は目を丸くして、

「僕の言いたいことが、晴美さんにはすぐ分るんですねえ！」

と、感心している。

「俺だって分る」

と言ったのは、晴美の兄で、警視庁捜査一課に所属する、おなじみ、片山義太郎《よしたろう》刑事である。

「ニャー」

これは言うまでもなく、本編のヒーロー——失礼、ヒロイン、三毛猫のホームズである。

四人（正確には三人と一匹だが、四人と書かないと、ホームズに引っかかれる）は、夜道を風に吹かれて歩いていた。

「ともかく、何か食べましょうよ」

と、晴美が言った。「そこのラーメン、おいしいわよ」

「石津は、ラーメンじゃ物足りないんじゃないのか？」

「そんなことはありません」

と、石津は首を振った。「チャーハンとシューマイと、それに料理が二皿もつけば、ラーメンでも充分《じゅうぶん》です」

ともかく、石津刑事が一緒の場合、高い店に入るのは自殺行為（？）であった。当人も、「質より量」なのだ。

――晴美の時々寄るラーメン屋へ入って行くと、少し時間は遅いのだが、結構客が入っている。

「あら、新しい子だわ」

と、晴美が言った。
十七、八の女の子が、エプロンをして、顔を真赤《まっか》にして駆け回っている。
一生懸命にやってはいるが、慣れていない感じだ。

「おい、ここ、まだかあ？」

と、せっかちな客が声をかけると、

「はい！　すみません」

と、大きな声で答える。

大変そうではあるが、なかなか爽やかな光景だった。

「注文を――」

と、腹の空《す》いた石津は言いかけたが、

「ちょっと我慢しましょうよ。あの子、あんなに忙しそうなんだから」

と、晴美に言われて、

「そ、そうですね」

と、無理に笑顔を作る。「ま、そう腹が空いているわけでもないし……」

片山は、必死で笑いをかみ殺していた。

その女の子が、やっと伝票と鉛筆を手にやって来る。

「すみません、お待たせしました」

と、額《ひたい》の汗を拭う。

晴美がまとめて分りやすく注文すると、女の子は手早く書き取って、

「はい！　少々お待ち下さい」

と、笑顔を見せる。

なかなか可愛い子である。――新しい顔というのだから、ここの娘というわけじゃないんだろうが、アルバイトして、家計を助けてるのかな、などと片山は考えていた。

「急がないからね」

と、石津が更に無理をする。「何なら明日でも——」

「そんなにかかりませんよ」

と、女の子が笑った。「今、お水をお持ちします」

急いでカウンターの方へ戻ると、注文伝票を渡して、コップに水を注ぎ、盆にのせてやって来る。——と、どうやら少し酔っているらしい中年男が、ヒョイと足を出した。

アッという間もない。女の子は、その足につまずいて、前のめりに倒れてしまった。コップが砕《くだ》け、水が飛び散る。

「おや、ごめんよ」

と、その男は澄《す》まして言った。「気が付かなくってね。足が長いとやり場に困るよ」

女の子は、起き上ると、その男の方をキッとにらんだが、すぐに、

「どうも失礼しました」

と、他の客に頭を下げて、砕けたコップを拾い集め始めた。

「ニャン」

と、ホームズが怒りの声を上げた。

ぶちまけられた水が、床《ゆか》に座っていたホームズの所まで飛んで来て、急いで晴美の膝《ひざ》の上に飛び上ったものの、少々、毛が濡《ぬ》れてしまったのである。

「ひどいことするわ！」

と、晴美が顔を真赤にしている。

「全くです！」

石津が、腹が空いていることもあって、黙っていられなかったのだろう、立ち上ると、例の酔った男の方へと歩いて行き、ジロリとにらみつけた。——体がでかいので、迫力はある。

「何だよ？」

「今、故意にこの子を転《ころ》ばせましたね」

「恋？　俺は別に恋なんかしちゃいねえよ。こんなガキは趣味じゃないんでね」

と、男は言ってヘラヘラ笑った。

「傷害未遂、器物破損、公務執行妨害の現行犯ですね」

石津がチラリと手帳を覗かせると、相手の男の顔から血の気がひいた。

「あ、あのね——ほんの冗談のつもりだったんですよ。本当に——いや、まさかこんなことに——」

「手伝っちゃどうです？」

と、石津が言った。「あの子がコップの破片で手を切ったら、傷害罪——」

「も、もちろんです！　今、手伝おうと思ってたところなんですよ」

男はあわてて席を立つと、「ね、君、僕がやるからいいよ！　雑巾《ぞうきん》は？　雑巾がけは得意なんだ！　任せてくれ！」

と、ズボンが濡れるのも構わず、四つん這《ば》いになって、破片を拾い始めた。

一方、女の子の方は、ちょっと不思議な目で石津を眺めていたが、すぐ、顔をそむけてカウンターの方へ戻って行ってしまった……。

「——何か悪いことをしたんでしょうか」

と、石津は席に戻ると、心配そうに言った。

「そんなことないわ。ただ、気後れしてるだけよ」

「そうだといいんですけど」

——やがて、女の子が水と一緒に、スープを運んで来た。

何となく、目が合わないようにしているようで、水とスープを配ると、すぐ戻って行きかけたが……。

足を止め、振り向いて、言った。

「お礼も言わなくてすみません」

と、目を伏せたまま言った。

「いいのよ」

と、晴美が答える。「ただ、こっちの気が済まなかっただけ。却《かえ》って、あなたには迷惑じゃなかった？」

「いいえ、でも——」

と、言い淀《よど》む。

「でも……？」

「私、泥棒の娘です。今、父は指名手配されてます。それでも、同じように怒って下さいましたか」

その娘の口調は、淡々として、却って片山たちの胸を打った。

「当り前だよ」

と、片山が言った。「そんなことが、何の関係があるんだい？」

「ニャーオ」

ホームズが優しく鳴いた。女の子は、顔を上げ、ホームズを見ると、ニッコリ笑った。

「ありがとう！」

と、女の子らしい明るい声で言うと、「少しお待ち下さい」

ピョコンと頭を下げて、戻って行く。

「――父親が指名手配ねえ」

と、石津は首を振って、「でも、健気《けなげ》に頑張ってる。偉いですねえ」

「おい石津、お前、泣いてるのか」

片山が、びっくりして言った。

「いいじゃないの。石津さんが、とても暖《あたたか》い心の持主だってことの証拠よ」

「ニャー」

ホームズも、珍しく素直に賞《ほ》めた（？）。

いいムードであった。ただ、あの女の子が料理を運ぶのを手伝う、と言い出した石津を押えるのには、片山兄妹《きょうだい》、少々苦労したのだったが。


「お先に失礼します」

と、加奈子は店の主人に声をかけた。

「ご苦労さん」

と、優しい声が返って来る。

表に出ると、空気に湿《しめ》り気《け》が感じられた。空はどんよりと曇っている。雨になるかしら。

――急いで帰ろう。

加奈子は、足早に歩き出した。

体はいつもの通り疲れていたし、足もだるかったが、でも、心は爽やかだった。

あの、ちょっと面白い取合せのお客さんたち――猫が、まるで人間みたいな顔で座ってたっけ――のおかげだ。人の善意に触れるというのは、本当にすばらしかった。

あの人たちも刑事さんだと言ってた。色んな人がいるんだわ、刑事さんでも。

加奈子は、ちゃんと承知している。今、こうして歩いていても、尾行している刑事がいることを。

父が、加奈子に会いに来たところを捕まえようというのだ。

――もう、父がいなくなって半月たつ。

どこにいるんだろう？　元気にしているのかしら。

加奈子の生活も、大きく変った。――父が人を殺したとは、まだ信じられなかったが、泥棒だったことだけは、否定しようもない事実だった。

そう分ったとき、加奈子は学校をやめて、働き始めたのだ。――家にあったお金には一銭も手をつけていない。

幸い、前にアルバイトをした、あのラーメン屋さんで、事情を承知の上で雇ってくれたので、何とか食べてはいける。できるだけお金を節約するのにも、食事の出る仕事はありがたかった。

少しでも貯めておいて、父が逮捕されたら弁護士も頼まなくてはならない。

後ろから車が来た。ライトが加奈子の影を前へ投げかけた。

加奈子は、少し道のわきへ寄った。車が追い越して行く。――と、そのライトの中に、一瞬、父の姿が浮かび上った。

ハッとして、加奈子は動けなかった。――後ろから駆けて来る足音で我に返る。

「お父さん！　逃げて！」

と叫ぶと、加奈子は、走って来た刑事に、体ごとぶつかって行って、飛びつくようにしがみついた。

「放せ！——戸張！　待て！」

父が駆け出すのが見えた。加奈子は、必死で刑事の足に自分の足を絡《から》ませた。

一緒になって転倒する。路面に額を打ちつけて、アッと声を上げた。

「どけ！」

刑事が加奈子を振り離して、追いかけようとすると——パッとその目の前を、一匹の猫が駆け抜けた。いや、猫のように、加奈子には見えたのだが……。


——固い椅子《いす》に座ったたまま、夜が明けた。

眠くはなかったが、少し横になりたい、と加奈子は思った。でも、小さなこの椅子だけでは寝ることもできない。

もう何時間も、この小部屋に一人で放っておかれている。父を逃がしてしまったことで、刑事は怒っているのだ。当然のことだけど。

おかげで、罰として、この椅子で一晩過さなくてはならなかったわけだ。——父が殺人罪で捕まることを思えば、これぐらいは我慢できた。ただ、額の傷がズキズキと痛んで、気が滅入《めい》って来る……。

ドアが開いた。加奈子は、反射的に、ピンと背筋をのばした。

「来い」

と、ゆうべの刑事が促した。

廊下をついて行くと、刑事が言った。

「あんな真似をして、本当ならただじゃ済まないところだぞ」

「すみません」

と、加奈子は、素直に謝った。

「ま、いい。——差し当り、お前を預かってくれるという物好きがいたからな。そこでおとなしくしてろ」

「え？」

預かってくれる？——加奈子は面食らった。

「でも、どういう人なんですか？」

と、加奈子は訊いた。

「知らん。ともかく、引受人になってくれるってことだ」

よく分らなかったが、まあ自由になれるのは嬉しかった。

連れて行かれた部屋は、一晩過した殺風景な部屋とは違って、古ぼけてはいても、一応ソファが置いてある。

そこで、待っているように言われ、また一人になる。いい加減効きの悪くなったクッションだが、今の加奈子には羽根布団《ぶとん》みたいだった。

急に疲れが出て来る。額の痛みも忘れて、加奈子は眠り込んでしまった……。

どれくらい眠ったのか――せいぜい十分かそこらのものだったろうが、眠りは深かったようで、肩を揺《ゆ》さぶられるまで、目が覚めなかった。

「あ――お父さん！」

目を覚まして、ほとんど無意識にそう口走っていた。加奈子を見下ろしているのは、同じくらいの年齢の、髪の長い、色白な女の子だった。

「あ……。ごめんなさい」

加奈子は頭を振った。

「君を預かることにしたのでね」

と言ったのは、その娘の父親らしい、太った中年男だった。「さあ、一緒に行こう」

――よく分らないままに、加奈子はその二人に連れられて、警察を出た。

外の光がまぶしい。加奈子は、一瞬、目がくらんだ。

「大丈夫かね？」

「はい……。ゆうべほとんど眠らなかったんで」

「食事は？　してないんじゃないの？」

と、娘の方が言った。

「ええ——でも——」

と、言いかけた時、加奈子のお腹がグーッと派手な音を立てた。

加奈子は真赤になった。

——かなりお金持らしい。

加奈子は、連れて行かれた近くのレストランで、食事しながら、その父親の様子を見て、思った。娘の方も、加奈子とは比べものにならない、高そうなワンピースを着ている。

「どうして私を預かろうって……」

「娘の気まぐれだよ」

と、その父親は言った。「少し体が弱くてね。学校にも行っていないんだ。だから、誰か家の中で、話し相手になってくれる、同じ年ごろの子がほしくてね」

「私、ユミよ」

と、その娘は言った。

確かに、腺病質《せんびょうしつ》な印象の娘だが、笑顔は美しかった。

「君の方で、気に入らなければ、いつでもそう言ってくれ。——しかし、当分は君も働けないわけだし、うちで少し仕事をしてくれるとありがたい」

「はい。家事なら、たいていのことは」

「偉いわねえ」

と、ユミが言った。「私、お茶碗一つ、洗ったことがない。——よく、死んだお祖母《ばあ》ちゃんが言ってたわ。そんなことじゃ、いつまでもお嫁に行けないよって」

「そうだ。君に一つ話しておきたい」

「何でしょう？」

「つい、最近、僕の母がね、泥棒に殺されたんだ。忍び込んだところに運悪く出くわしてね。家の者にも、もちろん、大変なショックだった。——だから、その話は、家の中で決してしないでほしい。その内、君もどうせ誰かから耳にするだろうから、予《あらかじ》め言っておくよ」

加奈子は、食事の手を休めて、

「分りました。それで——あの、お名前をまだ……」

「おや、そうだったか。いや、こりゃ失礼。僕は増池《ますいけ》というんだ。増池忠彦《ただひこ》、これが娘のユミ。他には妻の江利子《えりこ》がいるだけだ。君の名前も、そういえば、聞いてないいんだ。何というんだね？」

——増池。加奈子は、間違いない、と思った。

父が殺した、とされている老婦人の名が、増池弥江子《やえこ》だったのだから。

「あの——」

と、加奈子は言った。「私、片山加奈子といいます」

3

片山は、呼び出されて廊下へ出て来た。――どこかで見たような女の子が立っている。

「やあ、君は……」

「どうも、あの時は」

と、頭を下げる。「あのラーメン屋さんに、また行きました?」

「そうか! 思い出した」

片山は、笑顔になった。「よく分ったね、僕のことが」

「ええ。――警察の人に訊いたんです。いつも猫を連れて歩いてて、妹さんが威張《いば》ってる刑事さん、知りませんか、って。そしたら、きっと片山さんだろうって……」

前半の方はともかく、後半はやや気になったが、しかし否定もできない。片山は苦笑いして、

「じゃ、お茶でもどう?」

と言った。

「――片山さん、っておっしゃるんですね。私、びっくりしちゃった」

と、クリームソーダを飲みながら、加奈子は言った。「私、片山加奈子っていうんですも

の」

「片山？」

「本当はそうじゃないんですけど」

「どういうこと？」

加奈子は、真顔で座り直すと、

「ご相談したいんです。——ご迷惑かもしれませんけど、あの時、お店で親切にしていただいたのを思い出して」

「僕で力になれることなのかな？」

「私——戸張といいます」

「戸張？」

どこかで聞いた名だ、と片山は思った。

「父は戸張裕吉というんです。今——殺人容疑で追われています」

「思い出したよ。じゃ、君も本当は戸張加奈子なんだね？　どうして、片山なんて名乗ったの？」

「私、今……あるお宅で働いてます。お掃除とかお洗濯とかして……。増池という家です。とても大きな家で」

「増池。——その名前も、聞いたことがあるな」

「父が殺したことになっているのが、増池弥江子っていう人なんです」

片山は、面食らって、

「じゃ——君は、お父さんが忍び込んだ家に働きに行ってるの？」

「はい。それで、つい片山と名乗っちゃったんです」

「なるほどね。片山って名はどこで？」

「学校の友だちの名前を……。でも、刑事さんの方が、ずっとカッコいいわ」

「素直に聞いとくよ」

と、片山は笑った。「しかし妙なことになったもんだね」

加奈子の話を聞いて、片山は首をかしげた。——増池忠彦が、娘の話し相手、兼お手伝いにと、加奈子を雇ったというのは、分らないでもないが、しかし、名前も知らずに引き受けることがあるだろうか。

もし、知っていて加奈子を雇ったとしたら、その目的は何だろう？

「——で、相談というのは？」

と、片山は言った。「その家で、何かいじめられたとか？」

「そんなことなら、相談に来ません」

と、加奈子は少しむくれて、「それぐらいのこと、自分で解決できますもの」

「そりゃ失礼。じゃ、どういうことなの？」

「ユミさんの頼みなんです」

「ユミって——そこの娘？」

「私と同じ十七歳です。体が弱くて、学校へは行っていないけど、頭のいい、神経質な子なんです」

「なぜその子が——」

「分りません。でも——ユミさんの部屋で、夜、話をしていると、突然言い出したんです。『お祖母さんは、泥棒に殺されたんじゃないと思うわ』って。私、ギョッとしました。私のことを知ってるのかと思ったんです。でも、ユミさん、そうは言いませんでした」

「ふーん。しかし、なぜ、泥棒に殺されたんじゃない、と思ったのかな？」

「それを訊いたんですけど、何も言ってくれないんです。そして私に、知ってる刑事さんに話してくれって。——もう一度、あの事件を調べ直してほしいって言うんです」

「なるほど。それで僕の所へ？」

「ええ。私の知ってる刑事さんって、他の人は、父を犯人と思って追いかけてる人ばっかりですもの。でも、もし本当にユミさんが何か知ってて、父がやったんじゃないと分れば……。無茶なお願いだとは分ってたんですけど、こうしてやって来たんです」

——片山にも、加奈子の気持はよく分った。

しかし、片山は、その事件に口出しできる立場にはいない。

他の管轄《かんかつ》の事件に口を出すのは、いやがられる。少なくとも公式には係《かかわ》るわけにいかない。

「――どうでしょうか」

と、加奈子がじっと片山を見つめている。

こういう目つきには、片山、弱いのである。だめなものはだめだよ、と断れないのが、人の良さだ。ここは、一つ、「事件をかかえて忙しい」、と逃げようか……。

「お兄さん！　女の子と逢引《あいび》き？」

と、元気のいい声がした。

晴美だ！　――片山は、ため息をついた。これで、加奈子の願いは、十中八九、かなうことになるだろう……。

「あら、あなた、ラーメン屋さんにいた子でしょ？　どうして兄に？」

晴美は、当然のことながら、興味で目を輝かせて言った……。

「――じゃ、加奈子さんのお兄さん？」

と、増池江利子が言った。

「ええ、まあ……。いつも妹がお世話になりまして」

片山は仕方なく、そう挨拶《あいさつ》した。

「いいえ。とてもよく働いて下さるし、ユミも喜んでいます。大助かりですわ」

増池江利子。この家の主婦、というわけだが、やせて、何だか力はなさそうだ。四十一歳のはずだが、老けて見える。四十五を過ぎている、とたいていの人は思うだろう。

「で、こちらは――」

「片山の家内ですの」

と、晴美が澄まして言った。

「まあ、そうですか」

突然二人も兄妹がふえちゃおかしいだろうと、夫婦ということにして、やって来たのだが……。片山の方はどうにも落ちつかない。

「どうぞゆっくりなさって下さいね」

と、江利子は言って、「私、ちょっと出かけなくてはならないので……。加奈子さん、ゆっくりしていただいてね」

「すみません」

と、加奈子が傍《かたわら》で頭を下げる。

片山は、増池江利子が出かけてしまうと、ホッとした。

「おい晴美」

「なあに、あなた?」

「よせよ、気持悪い」

「悪かったわね」

「この居間が殺人現場だったんだぞ」

と、片山は言った。「調べて来たんだ。その辺が血だまりで、被害者が倒れていた……」

考えただけで、血に弱い片山は、青くなって来る。

「ニャー」

と、声がした。

もちろんホームズが一緒なのである。

「ホームズ、どこへ行ってたの？　勝手に人の家の中を――歩いて、何か見付けた？」

「ニャン」

ホームズが、また居間から出て行く。

「どこかへ連れて行きたいんだわ。行ってみましょう」

廊下へ出て、ホームズの後について行く。

ホームズは、窓の一つの下に座り込んで、後肢《うしろあし》で耳の後ろをかき始めた。

「まさか陽なたぼっこしに来たんじゃないだろうな」

片山は、その窓を見て、「――そうか。確か、泥棒はこの窓から入り込んだんだ」

「ガラスが新しいわ。入れかえたのね」

「切られてたからさ」

「でも、ホームズ、どうしてこの窓だと分ったの？」

ホームズは、素知らぬ顔で欠伸をした。

「待てよ」

片山は、歩いて来た廊下を振り返った。

「どうしたの、あなた？」

「その『あなた』っていうの、やめてくれないか」

と、片山は渋い顔で言った。「いいか、凶器の包丁は、この家の台所にあったものだ」

「じゃ、その泥棒さんは、この窓から忍び込んで、次に居間へ？」

「いや、まず台所だ。そうしないと包丁が手に入らないからね」

「あ、そうか。その後で、居間へ」

「それが不思議だ。――話を聞いてみたんだが、戸張というのはベテランの泥棒で、今まで人を傷つけたりしたことは一度もないんだ。それだから、凶器になるようなものを持っていないのは分る。しかし、なぜ、わざわざ包丁をつかんでいたんだろう？」

「誰かが来たんじゃないの？」

「もし誰か来たのなら、さっさと逃げ出すんじゃないか？」

片山は首を振った。「それなのに、わざわざ居間へ寄ってる。どうしてだと思う？」

「そんなこと知らないわよ」

「前から、戸張のことを知ってる古い刑事に訊いてみたが、やっぱり戸張は、人を傷つけたり、ましてや殺したりしないと言っていたよ」

「そうです！　父はそんなこと——」

と、ついて来ていた加奈子が言いかけて、あわてて口をつぐんだ。「いけない。私片山加奈子だったんだわ」

「しかし——」

と、片山は言った。「人間、あわてると、ついとんでもないことをすることだってあるんだよ」

「ええ、分ります」

と、加奈子は肯いた。「父も——泥棒なんかしてなきゃ、こんなことにならなかったんですから」

「自首してほしいね、本当は。そうすれば、また詳しい話を聞けるんだが」

「だめよ」

と、晴美が口を挟む。「この子のお父さんを犯人と決めつけてるんですもの。私たちで真相を見付け出してから、自首させるのが一番だわ」

「理屈はそうだけど……」

と、片山が渋い顔をしていると、ホームズが、短く鳴いた。

「あら――」

加奈子が振り向くと、「ユミさん。起きても大丈夫なの？」

「うん……」

色白な少女が、セーターとスカートという姿で立っている。「その人たち、なあに？」

「こちらが、刑事さんよ」

「まあ！」

と、ユミはパッと顔を輝かせて、「本当に連れて来てくれたのね！」

「ともかく、居間で休んで。――何か食べるでしょ？　用意するわ」

「そうね。――加奈子さんってお料理も上手なのよ」

「そんなことない」

「母は？」

「さっきお出かけになったけど」

「そう……」

居間へ戻って、ユミと片山たちはソファに腰をおろした。

「母もね、以前はとっても料理が上手で、大好きだったんですって」

と、ユミが言った。「でも、ほとんど食べたことないの、私」

「どうして？」

と、晴美が訊く。「お手伝いさんがいるとか――」

「いいえ、祖母がやっていたから。何しろ祖母は味にうるさい人だったんですもの」

「自分で作っておられたの？」

「そうです。というより、料理は全部祖母が引き受けてました。本当に上手だったし、おいしくて……」

ユミは、ふと笑顔になって、「すみません、来ていただいたのに、こんな関係ない話をしてて」

「ニャーオ」

「どういたしまして、と言ってるわ」

晴美が通訳すると、ユミは楽しそうに、

「面白い猫ちゃん」

と笑った。

「ところで、君は、お祖母さんが泥棒に殺されたんじゃない、と思ってるそうだね」

と、片山は言った。

「ええ。――だって、祖母は、何か物音がしたからって、起き出すような人じゃなかったんですもの。眠りも深くて、いつかも、大きな地震が来た時、みんな大騒ぎをしたのに、一人で眠ってたんです」

「なるほど」

もちろん、それだけでは、増池弥江子が起き出さなかったという証明にはならない。

「しかし、お祖母さんがここで殺されてたってことは、少なくとも、ここまで下りて来たってことだろう」

「ええ。——それは何かわけがあったんだと思います。私には分らないけど」

どうやら、この娘、何か知っているらしい、と、片山は思った。何か知っていて、それを見付けてもらいたがっている、というように思える……。

加奈子が、軽い食事を運んで来た。

「ありがとう」

ユミが微笑んだ。「加奈子さんと私が同じ年齢《とし》だなんて思えないわ。私も、もっと何かしたい」

「それにはまず食べて丈夫になること」

と、加奈子は笑顔で応じる。

加奈子には、そばにいる人間を元気にさせる力があるようだった。

玄関の方で物音がした。——居間へ顔を出したのは、中年の太った男で、

「何だ。ユミ、起きてて大丈夫なのか？」

「お父さん。早いのね」

と、ユミが、ちょっと冷ややかに言った。

「仕事の途中さ。お客さんか」

「あの――私の兄なんです」

と、加奈子が急いで言うと、増池は、妙にハッとしたような顔になった。

「ああ、そうですか。――いや、どうも。ちょっと急ぎますので失礼」

と、あわてて行ってしまう。

あまり長居をするのも妙なものだ。片山たちは、十分ほどいて、増池家を出た。

「――すみません、無理言って」

と、送りに出て来た加奈子が頭を下げる。

「現場を見たから、これからどうするか考えるわ。元気だしてね」

晴美に励まされて、加奈子はちょっと涙ぐんだ……。

歩き出して、片山は、

「何だよ、勝手に約束して」

と、文句を言った。「本当にあの父親が殺したのかもしれないんだぞ」

「私は違うと思うわ」

「ニャン」

「ねえ、ホームズ」

「じゃ、一体誰がやったんだ？」

「あの増池って男の顔、見たでしょ？」

「父親の顔か？」

「そう。ギョッとしたように私たちを見てたわ」

「それは俺も気が付いた」

「どうしてだか分る？　私たちが加奈子さんの兄妹なんかじゃないと知ってたからよ」

「うん。つまり――」

「加奈子さんが、あの泥棒の娘だって分ってるってことだわ」

「しかし、なぜわざわざ雇ったりしたんだ？」

「そりゃ、何か理由があるのよ」

と、晴美はしごくもっともな推理を述べた……。

「ニャーン」

と、ホームズが鳴いた。

「どうしたの？」

晴美が振り向く。ホームズは、頭をめぐらした。――たった今、加奈子たちとすれ違った男がいた。

ホームズは、その男の方を見ているようだ。

「お兄さん、先に帰ってて」

と、晴美は言った。

「お前は?」

「ちょっと調べたいことがあるの」

「分ったよ。だけど——晩飯までには」

「帰るわよ!」

晴美はホームズの後をついて行った。

その男は、増池の家の前で足を止めると、家の中の様子をうかがうように、しばらく立ち止っていた。

晴美は、少し手前から、その男の横顔を眺めていたが……。

「あの人……もしかすると」

「ニャーオ」

と、ホームズが鳴くと、男が顔を向けた。

「失礼ですけど」

と晴美が近付いて行くと、男は、警戒するような目つきになって、

「あの——何か?」

「泥棒の戸張裕吉さん？」

いささか訊き方も悪かったのかもしれない。男は、あわてて逃げ出そうとした。ホームズがパッと駆け出すと、男の前に飛び出す。

「ワッ！」

男は前のめりになって、転んだ。

「――大丈夫ですか？」

と、晴美が駆け寄ると、男は起き上って、

「確かに戸張です。あんたは婦人警官？」

「私？　いいえ。警視庁の顧問をしてますの」

と、晴美は勝手に言った。「加奈子さんが今、この家で働いてるんですよ」

「何ですって？」

戸張は青ざめた。「じゃ――父親の罪の償《つぐな》いに？」

「まさか、江戸時代じゃあるまいし。ちょっとこみ入った話なんです。ゆっくりお話ししませんか？」

「ええ……」

戸張は立ち上ると、「しかし、どうして警察へ突き出さないんです？」

「一つ伺ってもいいですか」

と、晴美は言った。「ここのお祖母さんを殺したのは、あなた？」

戸張は、キュッと顔を引きしめると、

「私ではありません」

と言った。「これだけは誓って申し上げます」

「分りました」

晴美は微笑《ほほえ》んだ。「じゃ、兄にご紹介しますわ」


「——いや、おいしかった！」

戸張は、はしと茶碗を置くと、「こんなにおいしい食事は初めてです」

と、頭を下げた。

「気に入っていただけて嬉しいわ」

晴美が笑顔で言った。「ね、お兄さん」

「うん……」

片山は、あまり食欲がなく、わずかにご飯を三杯食べただけだった……。

当然だろう。刑事が、逃亡中の犯人を家に招待して、食事までごちそうしているのだ。これがばれたら、まずクビである。

片山が刑事をやめたがっているのは事実だが、やめるのとクビになるのじゃ、大分違う。

「これで思い残すことはありません」

と、戸張は言った。「どうぞお縄を」

「時代劇の見すぎじゃありません？」

と、晴美は笑い出した。「ともかく、本当の犯人を見付けたいんです。あなたも、その方が――」

「そりゃもう！」

と、戸張は言った。「加奈子には、どっちにしても面目《めんもく》ない話ですが」

「でも、人を殺したと殺さないじゃ、大違いですよ。――忍び込んだ時のこと、聞かせて下さい」

「はい」

――戸張は、増池家に忍び込み、ダイニングキッチンで現金を手に入れて、居間へ寄ったこと、そこで娘に出くわしたこと、中で死体を見付けたとたん、銃をつきつけられたことを話した。

「この通りです。嘘はついておりません」

片山も、信じていいかな、という気持になっていた。しかし、この言い分が、他の刑事に通用するとは思えない。

「今の話の通りだとすると――」

と、晴美が言った。「その娘って、ユミさんのことらしいわね。なぜそんな夜中に一人で居間から出て来たのかしら?」

「しかも、中には祖母の死体があった、か……」

片山も肯いて、「もしかすると、あの子、夢遊病か何かなんじゃないか?」

「その可能性はあるわね」

晴美はハッとして、「じゃ、あの子が知らずにお祖母さんを刺し殺した、と……?」

「そう都合良く行くかな」

「私は、あの子じゃないと思います」

と、戸張が言った。

「それはどうして?」

「あの子は、白いネグリジェを着てました。あれだけ血が出てるんだから、返り血を少しは浴びているはずですよ。ネグリジェには、しみ一つなかった」

「なるほど」

片山は、戸張が、さすがに(?)ベテランの泥棒らしく、そんな時にもよく観察していたものだと感心した。

「じゃ、もう殺された後だったのかしら?」

「だとすると……」

ホームズが、ニャーと鳴いた。

晴美が振り返ると、ホームズは、タンスの上の置時計のわきに座って、前肢の一方を、時計にヒョイとかけている。

「時計、狂ってるの？　——そうじゃないわね」

と、晴美は言った。「待って。——何か言いたいんだわ」

「時計……。時間か」

片山は、考え込んだ。何か、今の戸張の話の中で、引っかかるところがあったのだ。

「うん。時間だな」

片山は肯いた。「すると……。おい、ホームズ、もう一つ、言いたいことがあるんじゃないのか？」

ホームズはタンスから飛び下りると、台所の方へ駆けて行って、流しの下に座った。

「何のこと？」

と、晴美が面白くなさそうに言った。

「簡単さ」

片山は、機嫌が良くなって、「戸張さん」

「はあ」

「今夜、もう一度、あの家へ忍び込んでみませんか」

戸張も晴美も目を丸くした。片山とて、大胆になることはあるのだ。——年に一度ぐらいのものだが。

4

加奈子は、ふと目を覚まして、ベッドに起き上った。——妙だわ、と思った。

「ニャーオ」

猫の鳴き声がした。あれで目が覚めたのだろうか？

何しろ若い身である。疲れていれば、ぐっすり眠ってしまって、そう簡単には起きないのである。

でも、今の猫の鳴き声は、あの三毛猫だったみたい。そう、「ホームズ」とか、名探偵みたいな名だった。

いやに近くで鳴いたような気がした。家の中にいるのかしら？　——まさか！

加奈子は、一人で一階で寝ている。——納戸《なんど》になっていた所を、部屋に手直ししてくれたのだ。

納戸といっても、充分に広い。加奈子は、そっと起き出した。

廊下へパジャマ姿のまま出てみると、ぼんやりと明るい。——常夜灯の明るさだけではないと気付いたのは、しばらくしてからだった。

台所の方が、明るいのだ。誰かいるのだろうか？別に、気にとめる必要もないのかもしれない。増池か、夫人が起き出して、水でも飲んでいるのかも……。

トントントン……。小さな、叩くような音が聞こえた。何だろう？

加奈子は、そっと足音を立てないように気を付けながら、廊下を進んで行った。

誰だろう？　——あの音は、まるで、包丁で何か野菜でも切っているようだ。

トントントン……。

近付くにつれ、ますますそんな気がして来る。でも、こんな時間に、誰が料理なんかするだろう？

夜中の二時を回っている。

一瞬、加奈子は青ざめた。もしかしたら、殺された増池弥江子の幽霊が……。

まさか！　馬鹿なこと考えないで！

加奈子は強く頭を振った。そして、台所の方をそっと覗いた。

調理台の所に立っているのは——ユミだった。ピンクのパジャマのままで、包丁を手に、まな板で、何かを切っている。

ユミさん……。でも何をしているんだろう？

のび上って見て、加奈子は目をみはった。まな板の上には、何もなかった。ユミの手つきは鮮やかだったが、その包丁は、空気を切っているのだった。

「あら、もうお鍋が――」

と、ユミが呟くように言って、ガステーブルにのせた鍋のふたを取った。「ちょうど良かったわ……」

火はついていない。もちろん、鍋からは湯気も上っていなかった。

ユミは、まな板を手に取ると、鍋の方へ傾けて、「幻の野菜」を鍋の中へ落とし込んだ。

「これで、よし、と……」

ユミは、水を出してまな板と包丁を洗うと、タオルで手を拭《ふ》いた。

クルリと加奈子の方を向き直る。――が、その目は、加奈子を見ていなかった。

ユミは、まるで加奈子が目に入らない様子で歩いて来ると、そのまま廊下へ出て、階段を上って行った。

「ユミさん……」

加奈子は、ホッと息をついた。

病気というのは、このことだったのか！

「――見たね」

突然、声がして、加奈子は、

「キャッ！」

と声を上げた。

増池が立っていた。

「――入りたまえ」

と、加奈子を促す。

居間へ入って明りを点けると、増池は、くたびれたようにソファに腰をおろした。

「週に二度は、こうなんだ。くたびれるよ」

と、息をつく。

「じゃ、ユミさんは――」

「僕の母の血を継いで、料理が好きなんだな。いや、好きだと自分で思い込んでいる」

「ご病気なんでしょう」

「無害なものなら、放っておくがね」

と、増池は言った。「空っぽの鍋をガスにかけたりするから、何度もガス中毒を起こしそうになったよ。――だから、こうして起きていて、ガスの元栓を閉《し》めておくんだ」

「お医者さんに診《み》せたらどうですか」

「どうしたものかな……」

増池は、ソファの後ろに手を入れた。「あの子が祖母を殺したことまで医者に分っては困るんだ」

「ユミさんが！」

加奈子は、増池が散弾銃を取り出して、銃口を向けて来るのを、呆然と見ていた。

「君にも見られたから、生かしてはおけないな」

「そんな……。私をどうして殺すの？」

「泥棒と間違えた、と言えば、過失で通るさ。何しろ泥棒の娘だ」

加奈子は、大きく息をついた。

「知ってたんですね」

「当り前だよ」

「どうしてわざわざ――」

と、加奈子が言った時、

「私のためさ」

と、声がした。

「お父さん！」

戸張が、居間へ入って来た。加奈子は駆け寄って、父親の胸に顔を埋《うず》めた。

「心配かけてすまなかった」

戸張は、増池の方を見て、「私をここへおびき出したくて、娘を雇ったんだろう？　だったら、もう娘に用はあるまい」

と、言った。

「そうはいかない。今まで捕まらずにいてくれて良かった。――妙なことをしゃべられても困るからな」

増池は立ち上って、戸張父娘に銃口を向け、「これで、撃った言い訳も立つというもんだ」

「お父さん――」

加奈子は、父親にすがりつくようにして、目を閉じた。

バアン、と轟音《ごうおん》が家中に響き渡る。――硝煙《しょうえん》が立ちこめて、やがて薄れる。

「――馬鹿な！」

と、増池が目をみはった。

戸張父娘は、傷一つなく立っていたのだ。加奈子も面食らって、

「お父さん、これは――」

「空砲で良かったですね」

と、声がした。

ソファの後ろから、片山が立ち上った。

「僕が空砲と入れかえておかなかったら、あなたは殺人犯だ」

増池の顔から、血の気がひいた。

「待ってくれ」

と、増池は言った。「ユミの責任じゃない。あの子は病気で、何も分らずに祖母を殺したんだ。私がやったことにしてくれないか。それなら……」

「事実を見つめることですね」

と、片山は言った。「ともかく、ユミさんは医者に診せるべきですよ」

「――お父さん！」

居間の入口から声がした。ユミが立っていた。

「ユミ――」

「本当なの？　私がお祖母さんを殺したの？」

増池がうつむくと、ユミは、青ざめて、よろけた。

加奈子が駆け寄ると、ユミを抱きかかえて、ソファへ座らせた。

「そうショックを受けることはないよ」

と、片山が言った。

「でも――いくら病気でも、やったことには変りないわ」

ユミが両手で顔を覆う。

「いや、君はやっていない」

片山の言葉に、ユミも増池も、加奈子も当惑したように顔を上げた。

「私があんたを見た時に、あんたは、全《まつた》く返り血一つ浴びていなかったよ」

と、戸張が言った。

「でも――それじゃ誰が？」

と、加奈子が訊く。

「あの時、私が死体を見付けて、すぐにこの人が銃を持って出て来た。そう簡単に、銃が用意できるものかどうか……。この人は、その前から起きていたんだ。そしてたまたま忍び込む私を見て、殺人の罪をかぶせられると思った」

「嘘だ！」

増池は声を震わせた。「どうして私が母を殺すんだ？」

「あなたじゃありませんよ」

と、片山は言った。「長い間、主婦の座にいながら、台所を任せてもらえなかった、その恨《うら》みが、あの夜、爆発したんです」

――しばらく、誰も口を開かなかった。

「お母さん……」

と、ユミが呟いた。

増池江利子が、居間の入口に立っていた。

「――ええ、私です」

と、江利子は、静かに言った。「あの夜、私は、めったに夜中に起きることはないんですけど……。なぜだか目が覚めて、下へおりて来ると、台所の方で音がしていました。——覗《のぞ》くと、義母《はは》が、包丁を使って……。義母もユミと同じように、夜、そんなことをすることがあったんですね。私、それを知らなかったので、私に対する当てつけかとカッとなったんです。義母も私の声で、目を覚ましたんでしょう。居間へ包丁を持ったまま駆けて行きました」

「自分の病気をあなたに見られて、あわてたんですね」

「そうです。今思えば……。でも、その時は分りませんでした。義母も気の強い人でしたから、言い合いになり——私は、今後、台所のことは私がやります、と包丁を取り上げました。義母がそれを取り返そうとして……。争っている内に、つい……」

「江利子、お前は、それを……」

増池は愕然《がくぜん》として聞いていた。

「だって——あなたには言えなかったの。私がお義母さんを殺したと分ったら、あなたは私を許してくれなかったでしょう」

「その時、戸張さんの忍び込むのが、目に入ったんですね。あなたは、返り血を浴びたネグリジェの上にガウンをはおって、二階へ駆け上ると、夫を起こした。そして、ユミさんが弥江子さんを殺した、と話し、今、泥棒が入ろうとしてるから、ちょうどうまく罪を着せてしまえる、と……」

「そうです」

江利子は、うなだれた。「ユミが何も知らなければ、傷つくこともないと思って」

「ところが、戸張が逃げてしまったわけだ。——それで、加奈子さんをここへ雇っていれば、必ず戸張が現われる、と思った」

片山が首を振った。「初めから、素直に話していれば、一番良かったんですよ」

玄関の方で、チャイムが鳴った。

「警察です。僕は管轄が違うのでね」

と、片山は言って出て行った。

「お父さん」

加奈子は、父親の手をギュッと握った。「信じてた！」

「すまんな……。当分は刑務所だ」

「いいよ。差し入れに行くから」

「しかし……」

「もしお父さんが人殺しだったら、私、お父さん殺して、死ぬつもりだった」

「死んじゃだめだ」

と、戸張は娘を強く抱きしめた。「絶対に死ぬなよ」

「うん……」

片山が、刑事たちを連れて戻って来る。

「──ともかく詳しい話は、このご夫婦から聞いて下さい」

と片山は言った。「それから──」

と、戸張の方を向く。

ユミが、進み出て言った。

「この人たち、うちの使用人です。事件には関係ありません」

「ユミさん」

加奈子が目を丸くした。

「部屋へ戻ってて。用があれば呼ぶわ」

と、ユミは言った。


「──じゃ、戸張さん、改めて自首したわけ？　良かったわね」

と晴美が言った。「私もその場に居合せたかった！」

「お前なしでも、事件は解決できる」

と、片山が胸を張ると、

「ニャーオ」

と、ホームズが抗議の声を上げた。

「――あら、誰かしら」

ドアを叩く音で、晴美は立ち上った。

「石津にしちゃ小さい音だな。珍しく腹が減ってないのかもしれない」

夕食時ではあるから、たぶん……。

晴美が開けると、

「今晩は」

と、加奈子が頭を下げる。「色々ありがとうございました」

晴美も喜んで加奈子を夕食に加えることにしようと勧めたが、

「いえ、私、帰って仕度《したく》しなきゃいけないんです」

「自分の？　だったら、ここで食べて行けばいいのに」

「いえ、当分、増池さんの所にいることにしたんです」

「あら」

「奥さんが戻るまで、あの家の家事を引き受けて……。ユミさんもそうしてくれって言ってるし」

「そうなの」

「ユミさん、病院に通い始めるんで、その付添いも。色々仕事はあります」

「そうね。——頑張って！」

「はい。猫ちゃんにもお礼と思って」

と、加奈子は紙包みを出した。「アジの干物です」

「ニャー」

と、ホームズが礼を言った。

「父も、そう長くは入らずに済むんじゃないか、って、弁護士の先生が」

「あなたのためだもの、今度はきっと立ち直るわよ、お父さん」

「そうですね」

加奈子は笑顔になって、「でも、泥棒って夜昼逆の仕事でしょ？　刑務所は朝が早いから、それが辛《つら》い、って嘆いてました」

「そうね」

晴美は微笑んで、「ま、夜ふかしはやっぱり体に良くないのよ」

と言った。

「——何が体に悪いんです？」

ヒョイと顔を出したのは、石津だった。

「やっぱり来たか」

片山がため息をつく。

「体に良くないのは、空腹を我慢することですよ」

と、石津は主張した。「ちょっと、お邪魔していいですか。すぐ帰りますから」

「いいわよ。食べてらっしゃい、夕ご飯」

「そうですか！　いや、そんなつもりで来たんじゃないけどな……」

加奈子が笑いながら帰って行くと、石津はドッカと座り込み、グーッとお腹が鳴った。

あの音を聞くと、片山は食費のことを考えて、気が重くなる。

「おい、ホームズ」

と、片山はそっと呟いた。「体に悪いのは、夜ふかしだけじゃないよな」

「ニャーオ」

と、ホームズが鳴いた。

解説

山前《やままえ》 譲《ゆずる》
（推理小説研究家）

三毛猫ホームズの短編で四季を巡《めぐ》るシリーズは、夏を最初に、秋、冬とまとめられてきましたが、いよいよこの『三毛猫ホームズの春』が最後、四冊目です。前三冊同様、本書にも四作の短編が収録されています。

地球の北半球の中緯度に位置している日本は、島国のせいもあり、四季の違いがはっきりしていて、一年の移《うつ》ろいにメリハリがあります。季節ごとの風物《ふうぶつ》の違いは、日々の生活に加えて、文学の世界にも大きな影響を与えてきました。和歌や俳句ではとくに季節感が濃厚です。

我らがホームズもきっと、寒暖の差によって、季節の違いをちゃんと理解していることでしょう。まさか暦《こよみ》を確認することはないと思いますが、太陽の傾《かたむ》きによって、猫は季節の変化を知るともいわれています。生物であるかぎり、春夏秋冬を意識しないわけにはいかないのです。

ホームズがはたしてどの季節が一番好きなのか、それは確認のしようがありませんが、やはり柔らかい春の陽射《ひざ》しのもとで、のんびり寝ている猫を見ると、じつに心が和《なご》みます。あ一、猫になりたい――おっと、口が少々滑《すべ》ってしまいました。

この『三毛猫ホームズの春』は、シリーズとしては最後の一冊となりましたが、春といえば、始まりの季節と思う人が多いのではないでしょうか。国などでの公的な年度の始まりは四月一日ですし、新入生や新入社員の初々しい姿を、そこかしこで見かける時期でもあります。

古代ローマの暦では、冬の二か月は冬眠の期間として、春分の頃が一年の始まりだったそうです。農耕民族として長い歴史を重ねてきた日本人が、芽吹《めぶ》きの季節である春を一年の始まりと思っても、現実的にはおかしくありません。

始まりといえば、結婚生活を春からスタートした人もたくさんいると思います。甘い新婚生活に季節は関係ないというかもしれませんが、引越《ひっこ》しだって、暑い夏や寒い冬よりは、春や秋のほうがいいはずです。巻頭の「三毛猫ホームズの披露宴」は、ホテルの宴会場で行われた、片山義太郎《かたやまよしたろう》の友人の披露宴で事件が起こっています。

なぜかホームズに妹の晴美《はるみ》、そして晴美の自称恋人である石津《いしづ》刑事まで出席しているのですが、義太郎はその友人の白井《しらい》から、披露宴の前に、殺されるかもしれないと相談を受けるのでした。会社で、そしてこの結婚に関して、いろいろと恨《うら》みを買っているというのです。

そして案の定、披露宴の最中に……。

ヨーロッパではジューンブライドといわれます。その由来はいくつかあるようですが、いずれにしても、六月に結婚した花嫁は幸せになれるとされてきました。じゃあ、それ以外の月に結婚したら、幸せになれないのかと、突っ込みたくもなりますが、気候がいいとか、学校を卒業する時期にあたるとか、現実的な理由もちゃんとあるようです。

ところが日本では、かなりの地域で、六月は梅雨にかかってしまいます。下旬ともなれば気温も高くなってきます。花婿花嫁はもちろん、華やかに着飾った女性陣には、ちょっと辛《つら》い季節でしょう。ジューンブライドとよくいわれているものの、日本では、やはり爽《さわ》やかな四月や五月と秋に、結婚式のピークがあるようです。

「三毛猫ホームズの披露宴」のホテルでも、前日の日曜日には、披露宴が七組もあって、てんてこ舞いでした。もっとも、ホームズには、結婚式場が大忙しだろうが、誰が結婚しようが、関係ありません。とにもかくにも、食事を！

もちろん義太郎はちゃんと分かっています。ホームズのためにと、舌平目《したびらめ》のムニエルをアジの干物に、ステーキをよく煮込んではいるけれど冷たいクリームシチューにと、ホテル側にメニューの変更を頼んでいました。それを満足そうに食べているホームズです。

それにしても、披露宴に出席する猫なんて、ホームズくらいでしょうか。加えて、アジの干物を供する披露宴というのも、空前絶後かもしれません。

結婚式、披露宴とくれば、次はやっぱり新婚旅行でしょうか。さすがにホームズも、それに同行するほど、野暮な猫ではなかったようです。せいぜい新婚家庭にお邪魔するくらいでした。

「三毛猫ホームズの子守歌」では、五月晴れのある日、結婚して半年という、晴美の学生時代の友人、中里泰子《なかざとやすこ》が住む団地を訪れています。ミルクをもらって、おとなしくしているホームズですが、そこにお隣のご主人が訪ねてきました。なんでも、うちの子が、人形に化けてしまったとか——。

中里泰子に、「まだ結婚しないの?」と問われて、晴美は「なかなか、思いどおりにはいかないのよ」と、石津刑事を横目に答えています。やはり父親代わりの義太郎がうるさいようです。

その義太郎は、『三毛猫ホームズの心中海岸』であわや(?)結婚しそうになったこともありましたが、叔母《おば》の児島光枝《こじまみつえ》の紹介で、お見合いを重ねてきたものの、なかなかゴールインとはいかないのでした。当分の間(永遠に?)、片山兄妹《きょうだい》の結婚式や新婚生活は期待できそうにありません。

やはり晴美の学生時代の友人が登場するのは「三毛猫ホームズの感傷旅行」です。高校時代の仲間、女ばかり十人近くが、温泉場へ繰り出すという、なんとも勇ましい、いや、なんとも微笑《ほほえ》ましい同窓会が、早くも盛り上がっている列車に、尾行中の義太郎も乗っていました。

車窓《しやそう》には緑の山々が流れる、のんびりとした列車の旅は、春の一日ならではのものでしょう。日常から離れて、リラックスできるひと時……しかし、泊った小さな温泉町でも、やはり事件は起きてしまうのです。

「三毛猫ホームズの夜ふかし」で泥棒の戸張《とばり》が、思いもよらぬことで警察から追われることになってしまったのは、どんより曇っていて、三月にしては風が冷たく、冬に逆戻りしたような夜だったせいかもしれません。

どこもかしこも夜ふかしで、今日はダメかと思っていたところ、ここならと思えたのがとある「お屋敷」でした。窓から忍び入り、ダイニングキッチンで現金を見つけ、次は居間へ……と、そこに十七、八歳の娘が！

ところが、彼女は戸張に目もくれず階段を上って行くではありませんか。どうして？　理由はともかく、ほっとする戸張でしたが、その居間で老女の死体を発見した直後に、家人に気付かれてしまいます。なんとか逃げ出したものの、指名手配されてしまうのでした。その戸張の娘と知り合ったことから、片山義太郎たちは真相究明に乗り出すのです。

冬と春の変わり目の頃には、気圧配置の関係でよく強い風が吹きますが、立春から春分のあいだに初めて吹く南寄りの強い風は、とくに春一番と名付けられて風物詩となっています。そんな強風にあおられてしまったかのような父娘《おやこ》を、ホームズたちが救うのでした。

短編ではこうして春の事件を解決してきたホームズですが、長編ではどうだったのでしょうか。

シリーズ第二作の『三毛猫ホームズの追跡』は、〝春の嵐の吹き荒れる時期も過ぎて、すっかり落ち着いた春の盛りの一日〟に事件が始まっていました。シリーズ三作目の『三毛猫ホームズの怪談』では、暖かい春の陽射しの下、赤いスポーツカーで、石津刑事の新居へと向かっています。そこは西多摩《にしたま》の一角を開発したニュータウンで、木々の緑も鮮《あざ》やかでした。

三毛猫ホームズのシリーズには季節のはっきりしない作品も多々ありますが、長編では春や秋の事件が多く、やはり夏と冬の事件が少ないようです。いくら難事件の解決のためとはいえ、ホームズだって、暑い日や寒い日にはあまり出歩きたくないのでしょう。それを責めるわけにはいきません。

春の陽気に、人間はついうとうととしてしまいがちです。しかし、名探偵のホームズにとっては、フル活動の季節なのです。

さて、この『三毛猫ホームズの春』で季節はひとめぐりしました。ホームズがどの季節が一番好きなのかを、ちゃんと確かめるのは無理でしょうが、事件だって春夏秋冬を意識することがあるのです。四季折々の風物が、どう事件とかかわっていくのか。三毛猫ホームズの活躍で日本の四季を感じてみましょう。

【出典一覧】 すべて光文社文庫

「三毛猫ホームズの披露宴」
『三毛猫ホームズのびっくり箱』（一九八七年四月）
「三毛猫ホームズの子守歌」
『三毛猫ホームズのクリスマス』（一九八七年十二月）
「三毛猫ホームズの感傷旅行」
『三毛猫ホームズの感傷旅行』（一九八九年四月）
「三毛猫ホームズの夜ふかし」
『三毛猫ホームズと愛の花束』（一九九一年四月）

光文社文庫

ミステリー傑作集
三毛猫《みけねこ》ホームズの春《はる》
著者　赤《あか》川《がわ》次《じ》郎《ろう》

2013年3月20日　初版1刷発行
2018年4月25日　4刷発行

発行者　鈴木広和
印刷　堀内印刷
製本　ナショナル製本

発行所　株式会社　光文社
〒112-8011　東京都文京区音羽1-16-6
電話（03）5395-8149　編集部
8116　書籍販売部
8125　業務部

ISBN978-4-334-76547-7　Printed in Japan

組版　萩原印刷

赤川次郎ファン・クラブ
三毛猫ホームズと仲間たち
入会のご案内

会員特典

★会誌「三毛猫ホームズの事件簿」(年４回発行)
会誌の内容は、会員だけが読めるショートショート(肉筆原稿を掲載)、赤川先生の近況報告、先生への質問コーナーなど盛りだくさん。

★ファンの集いを開催
毎年夏、ファンの集いを開催。賞品が当たるクイズ・コーナー、サイン会など、先生と直接お話しできる数少ない機会です。

★「赤川次郎全作品リスト」
500冊を超える著作を検索できる目録を毎年５月に更新。ファン必携のリストです。

ご入会希望の方は、必ず封書で、〒、住所、氏名を明記の上、82円切手１枚を同封し、下記までお送りください。(個人情報は、規定により本来の目的以外に使用せず大切に扱わせていただきます)

〒112-8011
東京都文京区音羽 1-16-6
(株)光文社　文庫編集部内
「赤川次郎Ｆ・Ｃに入りたい」係

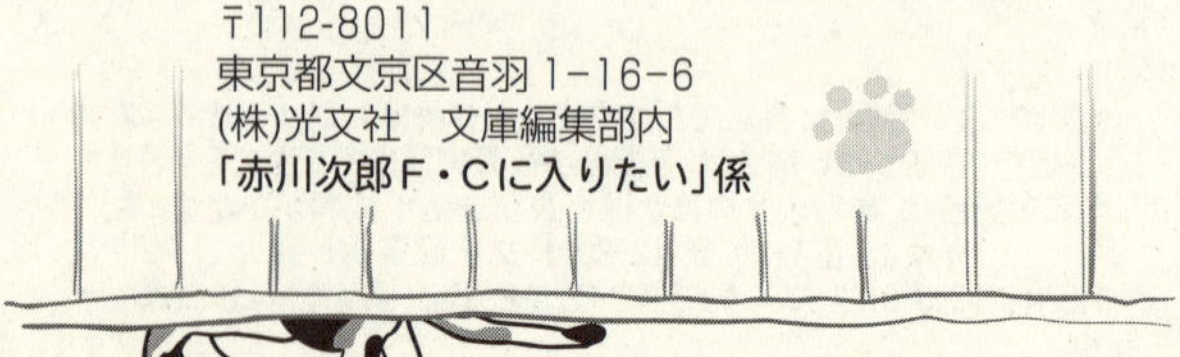